Emmanuel Bove ❖ Die Ahnung

Emmanuel Bove

Die Ahnung

Roman

Aus dem Französischen von
Thomas Laux

Deuticke

I

Am späten Nachmittag des 13. August 1931 ging ein etwa fünfzigjähriger Mann die Avenue du Maine hinauf. Er war mit einem dunklen Anzug bekleidet und hatte einen hellgrauen, ausgebleichten Filzhut auf dem Kopf. Bei sich trug er, säuberlich in kastanienbraunes Papier eingewickelt und verschnürt, was er für sein Abendbrot eingekauft hatte. Niemand nahm von ihm Notiz, so unauffällig war sein Aussehen. Sein schwarzer Schnauzbart, sein Kneifer, sein breitgestreiftes Hemd und seine Schuhe aus Ziegenleder, die gleich einer alten Vase von feinen Rissen durchzogen waren, fielen in der Tat nicht auf.

An einer Straßenecke blieb er mehrere Minuten lang stehen, um spielenden Kindern zuzusehen, und er fragte sich dabei nicht, ob seine Neugierde womöglich Aufsehen erregte. Er besaß den rührenden Gesichtsausdruck eines Vaters, der einen Sohn verloren hatte. Ein Stück weiter mußte er, um zu einem Tabakladen zu gelangen, die Straße überqueren. Er tat dies mit übertriebener Vorsicht, hob einen Arm, um die Aufmerksamkeit der Autofahrer auf sich zu lenken, und lief dann hinter einem Kinderwagen her. Es war schwül, und trotz des bedeckten Himmels war das Licht sehr grell. Die zahlreichen Lastwagenfahrer in diesem Viertel nahe der Gare Montparnasse hatten ihre Jacken ausgezogen. Von ihren Sitzen aus warfen sie sich, wie selbstverständlich und inmitten allgemeiner Gleichgültigkeit, gegenseitig Beleidigungen an den Kopf. In Höhe des Friedhofs bog Charles Benesteau – so war der Name dieses Herrn – nach rechts ab in die Rue de Vanves. Zweihundert Meter weiter blieb er vor einem Haus stehen, dessen Fassade aussah, als sei sie mit Kohle geschwärzt worden. Auf der einen Seite des Eingangs wies ein Schild die Passanten auf einen gewissen Doktor Swartz hin, seines Zeichens Spezialist für Halskrankheiten. Ohne anzuklopfen öffnete er die Tür zur Conciergenloge mit den Worten: »Ich bin es«, nahm eine für ihn bestimmte Zeitung von einem kleinen Schemel und ging die Treppe hinauf.

Vor etwas mehr als einem Jahr hatte sich Charles Benesteau von seiner Frau und seinen Kindern getrennt, war nicht mehr im Justizgebäude aufgetaucht, hatte mit seiner Familie, seinen Schwiegereltern und mit seinen Freunden gebrochen und war aus seiner Wohnung auf dem Boulevard de Clichy ausgezogen. Was war geschehen? Wenn ein Mann umgeben von der Liebe der Seinen lebt und die Wertschätzung seiner Kollegen genießt, ist ein solch radikale Veränderung des Lebens auf den ersten Blick unbegreiflich. Der Leser wird es uns daher nachsehen, wenn wir auf Charles' Vergangenheit und auf seinen Charakter zu sprechen kommen.

Schon im Jahre 1927 hatte Charles' Tun und Treiben die Familie Benesteau, insbesondere den Vater, in Erstaunen gesetzt. Charles war düster, empfindlich und cholerisch geworden. Zunächst hatte man an eine verspätete Nachwirkung des Krieges gedacht, dann an eine Krankheit. 1928 wurde beschlossen, er solle mit seiner Frau nach Südfrankreich fahren. Doch nach seiner Rückkehr änderte sich nichts, sein Zustand wurde sogar noch schlimmer. Dennoch ging er regelmäßig seinen Beschäftigungen nach, empfing Leute, zeigte Interesse für alles, was sich in seiner Umgebung abspielte, tat dies freilich wie ein Mann, der etwas verheimlicht, mit einem zerstreuten, abwesenden, traurigen Gesichtsausdruck, einem, der merkwürdig dem glich, den wir gerade eben an ihm wahrnehmen konnten, als er stehengeblieben war, um dem Spiel einiger Kinder zu folgen. Stellte man ihm eine Frage, gab er keine Antwort oder er zuckte die Achseln. Nach den Osterferien kehrte er nicht mehr ins Gericht zurück. Das wurde schnell entdeckt. Es war Anlaß für einen Familienrat. Man fragte ihn aus, man entfaltete solche Überredungskunst, daß er sich schließlich bereit fand, sich zu erklären. Er empfand die Welt als böse. Kein Mensch war zu einer großzügigen Geste imstande. In seiner Umgebung registrierte er nur Leute, die handelten, als ob sie ewig leben würden, ungerecht, geizig, katzbuckelnd vor jenen, die ihnen nützlich sein konnten, die anderen ignorierend. Er fragte sich, ob unter diesen Gegebenheiten das Leben wirklich noch lebenswert war, und ob das Glück nicht eher in der Einsamkeit lag, statt in diesen elenden Anstrengungen, die er bewerkstelligen mußte, um seine Umgebung zu täuschen. Diese Äußerungen machten auf seine Familie den denkbar schlechtesten Eindruck. Alle blickten einander mit Überraschung und Besorgnis an. Charles' Einschätzungen erschienen ihnen so unangebracht, als stammten sie von einem Kind. Man machte ihn darauf aufmerksam, daß er nicht das Recht habe, so zu sprechen, daß er dies den Unglücklichen überlassen solle. Wenn man das Glück hätte, einen Vater, eine Frau und Brüder wie die seinen zu haben, dann sollte man gefälligst froh sein und alles dazu tun, sich ihrer würdig zu erweisen. Daß jene, die weder Vermögen noch Familie hatten, sich derart äußerten, sei verzeihlich, daß aber ein Mann, der niemals gelitten hatte, und der während des Krieges aufgrund seiner Kurzsichtigkeit nur beim Ersatzdienst gewesen war, so etwas sagte, sei unstatthaft. Vater Benesteau wurde einige Monate später durch eine Angina pectoris binnen einer Woche hinweggerafft. Dieses Unglück schien Charles nicht über die Maßen getroffen zu haben. Schon des Morgens verließ er seine Wohnung, um – keiner wußte, wohin – einen Spaziergang zu machen. Häufig kam er nicht einmal zum Mittagessen zurück. Abends schloß er sich in seinem Sprechzimmer ein, und wenn seine Frau bei ihm anklopfte, sprach er zwar mit ihr, ließ sie aber vor der Tür stehen. Im Januar 1930 tauchten auf einmal Probleme bezüglich der Erbschaft auf. Mehr und mehr beunruhigt, hatten sich seine Brüder und seine Schwester mehrmals beraten. Übereinstimmend waren sie zu der Einschätzung gekommen, daß es unvorsichtig wäre, Charles das ihm zustehende Erbteil auszuhändigen, solange er nicht wieder gesund sei. Man setzte ihn mit aller Vorsicht davon in Kenntnis. Er schäumte vor Wut. Man tat, als gäbe man nach, doch schon am darauffolgenden Tag konsultierte man einen Notar bezüglich der Möglichkeiten, Charles daran zu hindern, seinen Teil des ererbten Vermögens beim Fenster hinauszuwerfen. Doch Charles bekam Wind von der Sache. Und von dem Tag an zog er sich noch mehr zurück. Sogar seine Frau kam nicht mehr an ihn heran. Die Machenschaften seiner Familie hatte ihn noch weiter verbittert. Was sollte man von einer Welt halten, in der die eigene Familie, die eigenen Brüder danach trachteten, einem zu schaden? Er schrieb einen acht Seiten langen Brief an seinen Bruder – Schreiben war eine Manie vom ihm –, um diesem mitzuteilen, daß er auf die Erbschaft verzichtete, daß ihn nichts mehr anwiderte als die Diskussionen ums Geld. Seine Frau machte ihn darauf aufmerksam, daß er nicht allein sei, daß er an seine Kinder und auch an sie zu denken habe. Er gab ihr zur Antwort, daß die Familie Rivoire reich genug sei, damit sie die Zukunft nicht zu fürchten habe. Er ersuchte sie, mit ihm nie wieder über diese Erbschaft zu reden. Sie wurde wütend. Er betrachtete sie voller Mitleid, und dann sagte er zu ihr zwei Worte, mit zischender Stimme, um ihnen auch genügend Nachdruck zu verleihen: »Du auch?« Ab Mai desselben Jahres wohnte er in einer kleinen Pension in der Rue de Fleurus. Sechs Wochen später, nach einigen Androhungen, reichte seine Frau die Scheidung ein.

Nachdem er die Wohnungstür wieder geschlossen, den Hut aufgehängt, das Paket auf dem Küchentisch abgelegt hatte, begab er sich in das erste Zimmer. Es ging auf die Rue de Vanves hinaus, und wenn der Tag sich neigte, wurde es durch die Sonne erhellt. Hier hatte Charles sein Arbeitszimmer eingerichtet. Die Wände waren voller Bücher. Er hätte sich gewisse Dinge vom Boulevard de Clichy mitnehmen können, insbesondere die Terrakottafigur von Falconet, die ihm seine Mutter ein oder zwei Jahre vor ihrem Tod geschenkt hatte, zu dem Zeitpunkt, als er sich als junger, unverheirateter Anwalt in der Rue de la Pépinière niedergelassen hatte. Aber er hatte darauf verzichtet. Lediglich ein am Seine-Ufer erworbener Gipskopf zierte den Kamin. Ein großes Brett auf zwei Böcken vor seinem Fenster diente ihm als Schreibtisch. In einer Ecke befand sich ein Diwan. Darüber war ein Tuch ausgebreitet, das vermutlich ohne genaue Maßangaben gekauft worden war. Während es an den Enden des Diwans zu lang war und den Boden berührte, war es an den Seiten zu kurz geraten und ließ die breiten weißen Streifen der Matratze erkennen. Charles öffnete das Fenster und begab sich zurück in die Küche, um sein Abendessen zuzubereiten.

Eine halbe Stunde später setzte er sich an seinen Arbeitstisch. Die Sonne war verschwunden. Auf der anderen Straßenseite stand ein Arbeiter rauchend an seinem Fenster. Ab und zu wandte er sich um und blickte nach unten, was darauf schließen ließ, daß ein Kind zu seinen Füßen spielte. Starren Blicks dachte Charles Benesteau nach. Allabendlich, fast immer zur selben Zeit, nahm er so an seinem Schreibtisch Platz, um seine Erinnerungen niederzuschreiben. Er hatte damit schon auf dem Boulevard de Clichy begonnen. Er schrieb klar und ohne Schnörkel, ohne den geringsten

Hintergedanken, daß dies eines Tages gelesen würde. »Ich habe bereits reichlich über meine Mutter gesprochen«, schrieb er. »Aber ich habe vergessen zu erwähnen, daß sie die Angewohnheit hatte, allen Bitten um Unterstützung überaus wohlwollend nachzukommen. Die kleine Anekdote, die ich erzählen möchte, werde ich niemals vergessen. Sie zeigt, wie groß die Güte meiner Mutter war. Es ereignete sich vor ungefähr vierzig Jahren. Ich war damals also zehn Jahre alt. Meine Mutter mußte so alt gewesen sein, wie ich heute bin. Sie war sehr schön. Ich hörte es oft von allen Leuten, die sie umgaben, und das machte mich ganz stolz.«

Bis zum Anbruch der Dunkelheit setzte Charles auf diese Weise fort. Nun erleuchteten nur noch die Straßenlichter das Zimmer. Er räumte seine Blätter zusammen und stand von seinem Platz auf. Sein Gesicht sah müde aus. Hatte er seine Aufgabe beendet, verspürte er nie jene tiefe Befriedigung, die einem eine abgeschlossene Arbeit gibt. Er war immer noch genauso voller Fragen, genauso unzufrieden wie zuvor. Denn, soviel steht fest, er hatte kein wirkliches Verlangen, seine Erinnerungen aufzuschreiben. Er konnte an seinem Leben auch nichts Besonderes erkennen. Weder hegte er Groll, noch liebte er über die Maßen. Die Vergangenheit erstand vor seinen Augen nur durch Anstrengung und Mühe. Er hatte sich zu einer stumpfsinnigen Arbeit gezwungen.

II

Charles Benesteau hatte sich soeben seinen Hut aufgesetzt. Wie jeden Abend gegen neun machte er sich für einen Spaziergang fertig, als er im Treppenhaus plötzlich Stimmen und Schritte vernahm. Zunächst glaubte er, daß es sich um eine Gruppe junger Leute handelte, und da diese ihn mit ihren ungezügelten Gebärden ein wenig einschüchterten, da er es haßte, aus der Fassung gebracht zu werden, wartete er hinter seiner Tür darauf, daß wieder Ruhe einkehrte. Indes, die Stimmen wurden immer lauter, und er erkannte, daß es nicht die von jungen Leuten waren. Dann vernahm er deutlich: »Ich habe noch nie in meinem Leben so viele Türen gesehen.« Im selben Augenblick klopfte es. »Klopft stärker«, sagte eine Frauenstimme. Es war die seiner Schwester. Bald ein Jahr hatte er Simone nicht mehr gesehen. Dennoch zeigte sich in seinem Gesicht keinerlei Regung. Er legte seinen Hut ab, ging langsamen Schritts in sein Arbeitszimmer zurück, um Licht zu machen, und kam dann wieder, um die Tür zu öffnen.

Simone war nicht allein. Sie kam in Begleitung ihrer

beiden Brüder, jener, die die Leitung der Fabrik übernommen hatten. Sie waren bereits zwei- oder dreimal in der Rue de Vanves aufgetaucht, jeweils einzeln, um Charles zu überreden, wieder ein normales Leben zu führen. Sie traten beiseite, um Simone vorbeizulassen. Doch die rührte sich nicht. Unter diesen Umständen war Zuvorkommenheit nicht angebracht. »Geh du voran«, sagte sie zu Edmond, als wäre es in der kleinen Wohnung stockdunkel.

– Es hätte sein können, daß ihr mich nicht antrefft, bemerkte Charles. Ich wollte gerade ausgehen. Um diese Zeit mache ich meinen kleinen Spaziergang.

– Nun, das wußten wir nicht. Wir dachten vielmehr, daß wir um diese Zeit die größte Chance hätten, dich zu Hause anzutreffen.

– Gebt mir eure Hüte. Edmond, reich mir deinen Stock.

Der Ältere gehorchte. Ohne sich dessen bewußt zu sein, tat er dies so hochmütig, wie ein Schauspieler, der, wenn er die Bühne betritt, den Anschein erweckt, eben von einer Party zu kommen. Dann steuerte er auf das Arbeitszimmer zu, gefolgt von Marc, der sich von seinem Hut nicht hatte trennen können, und von Simone.

– Kann ich euch etwas anbieten? fragte Charles, die geöffneten Hände ausstreckend.

– Ich bitte dich, mach dir keine Umstände.

– Darf man sich setzen? fragte Marc, während er sich einen Stuhl nahm und ihn dabei neigte, wie im Café, wenn Brösel auf dem Sitz zurückgeblieben waren.

– Sicherlich. Aber nimm doch lieber im Sessel Platz.

– Den überlasse ich Simone.

– Ich sag dir, du kannst dich ruhig in diesen Sessel setzen. Ich hole zwei andere von nebenan.

– Du sollst für uns doch keine Umstände machen.

– Das ist doch kein Umstand, wenn ich zwei Sessel hole. Das mache ich öfters.

– Du bekommst also Besuch?

– Selten, aber es kommt vor.

Edmond sah erst seine Schwester an, dann seinen Bruder.

– Jemand, den wir kennen?

– Ich glaube nicht. Na ja, man weiß nie. Es überrascht einen ja häufig, zu erfahren, daß es intime Beziehungen gibt, deren Existenz man nicht für möglich gehalten hätte.

Marc lächelte.

– Was du da sagst, hat nicht viel Sinn.

– Es ist nur so ein Gedanke, sagte Edmond ironisch.

Er betrachtete Marc wie einen Fremden, dem gegenüber er soeben eine geistreiche Bemerkung gemacht hatte. Alle beide waren erwachsene Männer – der eine 44, der andere 52 Jahre alt. Man spürte, daß sie darum gerungen hatten, nicht mehr als Brüder zu erscheinen, daß sie auf Grundlage einer seltsamen Übereinkunft ihre familiäre Beziehung in eine geschäftliche verwandelt hatten.

– Hör zu, Charles, sagte Edmond, wir müssen ernsthaft mit dir reden. Das ist übrigens der Grund, warum ich unsere Schwester gebeten habe, uns zu begleiten.

Simone hatte auf dem Diwan Platz genommen. Sie war ein wenig verlegen. Seit einer Stunde hatte sie unablässig darüber nachgedacht, welche Haltung sie einneh-

15

men sollte. Immerhin war sie sehr geschmeichelt gewesen, daß ihre Brüder ihre Anwesenheit für unabdingbar erachtet hatten. Um sich dieser Gunst würdig zu erweisen, war sie bereit gewesen, alles von ihnen Gesagte gutzuheißen. Doch mit dieser Einleitung hatte sie nicht gerechnet. Da sie viel empfindsamer war als ihre Brüder, befürchtete sie, daß sie, wenn sie am Gespräch teilnähme, fortan weniger Spielraum hätte, Charles zu tadeln.

– Sehr schön, sagte dieser, ich bin ganz Ohr.

Auf seinem Gesicht war keinerlei Beunruhigung zu erkennen. Er empfing seine Geschwister nicht anders, als er es auf dem Boulevard de Clichy getan hätte.

– Mir wurde über dich berichtet, begann Edmond, man hat mir vor kaum mehr als einer Woche erzählt, daß man dich getroffen habe, daß Freunde dich getroffen hätten in der … Moment …

– In der Rue d'Odessa, sagte Marc.

– In der Rue d'Odessa, und zwar in Begleitung einer Frau im Kostüm. Angeblich waren die Schnürsenkel deiner Schuhe offen. Du warst unrasiert. In der Hand hieltest du ein dickes, in Zeitungspapier eingewickeltes Paket. Wahrscheinlich brachtest du deine Wäsche zu einer Wäscherin. Immerhin, es war elf Uhr abends. Also, auch wenn das alles übertrieben ist, wirst du doch ehrlicherweise einräumen müssen, daß mit dir irgend etwas nicht stimmt.

Bei diesen Worten trat Edmond ans Fenster.

– Sieh dir diese Straße an. Man muß krank sein, hier zu wohnen, wenn man woanders wohnen könnte.

– Wieso? Diese Straße ist wie alle anderen.

– Charles, ich bin kein Idiot. Ich begreife sehr gut,

was in dir vorgegangen ist. Du bist abgespannt. Ich habe Psychiater befragt. Dein Fall hat nichts Außergewöhnliches an sich, was immer du auch darüber denkst.

– Ich habe das niemals gedacht.

– Auf einmal wolltest du allein sein. Du hattest die Nase voll von deiner Frau, deinen Freunden, deinen Brüdern. Du glaubtest, woanders gäbe es bessere Menschen. Du wolltest mit der Vergangenheit Schluß machen und ein neues Leben beginnen. All dies ist, ich sage nicht normal, aber verständlich. Unglücklicherweise gibt es da noch etwas anderes. Du provozierst uns. Ja, du provozierst uns. Denn wenn du wirklich nur allein sein, dich von uns trennen wolltest, dann hättest du das auf eine ganz andere Weise tun können. Nichts hätte dich daran gehindert, ein kleines Haus zu mieten, eine kleine Wohnung oder einfach nur ein Zimmer in Passy, Neuilly, Auteuil, egal wo, aber an einem Ort, wo es normal wäre zu wohnen. Stattdessen wählst du, und es ist eine Wahl, es ist kein Zufall, eines der düstersten Viertel von Paris. Ich habe in der Rue de Vanves nichts als Pferdemetzgereien gesehen! Du wirst mir nicht erzählen wollen, daß du dieses Viertel schätzt. Wenn du dich hier niedergelassen hast, dann, weil du dir sagtest: »Das wird sie ärgern!« Tja, und in der Tat, es ärgert uns.

Während sein Bruder sprach, blickte Charles gedankenverloren vor sich hin. Plötzlich sprang er auf, aber sehr schnell faßte er sich wieder.

– Wie kannst du so etwas annehmen, Edmond? Wie kommst du darauf, daß ich hierher gezogen bin, um, wie du sagst, euch zu ärgern? Nicht einen Moment hatte ich so etwas vor.

17

– Also warum dann? fragte Simone, der es schien, als wäre nun der günstigste Moment, sich einzuschalten.

– Weil ich nicht wählen wollte, gab Charles zur Antwort.

– Wie? Was wolltest du nicht wählen?

– Ich sehe schon, daß wir uns heute nicht besser verstehen als früher. Aber da ihr euch nun so zahlreich herbemüht habt, werde ich versuchen, euch aufzuklären. Hört mir zu, ihr müßt wissen, wenn ich mich von meiner Frau, meinen Kindern, von euch, meinen Geschwistern, von meinen Freunden getrennt habe, dann nicht deshalb, weil ich ein neues Leben anfangen wollte, wie ihr sagtet, auch nicht, weil ich mich absondern wollte, sondern aus dem ganz einfachen Grund, daß ich über ein jährliches Einkommen von vierzehntausend Francs verfügen konnte. Also habe ich euren Prinzipien gemäß eine Wohnung gesucht, bei der die Miete den zehnten Teil dieser Summe nicht übersteigt. Diese hier war die erste, die sich mir anbot. Ich habe sie, ohne sie gesehen zu haben, für mich reservieren lassen, und als ich das erste Mal hierherkam, war ich überhaupt nicht gespannt. Für mich ging es nicht darum, ob diese Wohnung mir gefallen würde oder nicht. Ich hatte einen Ort, an dem ich schlafen und arbeiten konnte. Mehr wollte ich nicht.

– Also, mein Lieber! rief Edmond, ich hätte nicht gedacht, daß du in solch einem Zustand bist! Nein, wirklich, das habe ich nicht gedacht! Ich habe so etwas noch nie erlebt, noch nie.

– Und dabei ist es gar nichts Besonderes. Wäre da nicht die familiäre Eigenliebe gewesen, niemand hätte sich über mein Verhalten gewundert. Meine Frau hat nicht gezögert, sechs Wochen nach meinem Auszug – ich sage sechs, es waren vielleicht acht, aber die Tatsache bleibt dieselbe – die Scheidung einzureichen. Meine Kinder sind erwachsen. Sie wurden stets mehr oder weniger vom ihrem Vater ferngehalten. Ich habe also niemandem wehgetan.

– Aber mein armer Freund, wir denken dabei doch nicht an uns, sondern an dich. Du glaubst also wirklich, daß es uns nicht wehtut, wenn wir sehen, wie du lebst, im Elend, ohne Zuneigung, wie ein Tier?

– Du täuschst dich, wenn du denkst, daß ich wie ein Tier lebe. Ich lebe genauso wie zuvor, materiell, meine ich, und moralisch geht es mir hundertmal besser.

– Um so besser. Das einzige, was mich wundert, fuhr Edmond in schneidendem Ton fort, ist, daß du mit solchen Ideen, mit solch schönen Ideen, dein Vermögen behalten hast. Also, ich an deiner Stelle hätte eine Stiftung gegründet, es dem ersten besten gegeben.

Charles Benesteau erhob sich und öffnete das Fenster, denn Marc hatte sich eine Zigarette nach der anderen angesteckt.

– Du sagst nichts darauf?

– Nein, ich kann dazu nichts sagen. Ich bin im Unrecht, ich weiß es. Ich weiß es ganz genau, aber ich kann nicht anders. Doch es kommt der Tag, an dem es mir gelingt, mich von diesem Geld, für das ihr euch so lebhaft interessiert, zu trennen.

Eine halbe Stunde ging die Unterhaltung in diesem Ton weiter, bis Marc, der seit seiner Ankunft alle Augenblicke auf seine Armbanduhr geblickt hatte, ausrief:

– Es ist zehn Uhr. Wir müssen los.

Alle erhoben sich. Simone ging als erste zur Tür.
Damit wollte sie demonstrieren, daß sie, wenn sie auch
so gut wie nichts gesagt hatte, Charles keineswegs zu-
stimmte.

– Auf Wiedersehen, mein Bester, auf bald, sagte
Edmond.

Charles ergriff jedoch die Hand nicht, die sein Bruder ihm reichte.

– Nein, nein, sagte er, ich begleite euch nach unten.

– Wir sind aber mit dem Auto da.

– Das macht nichts. Ich verabschiede mich unten
von euch.

III

Als das Automobil mit seinen drei Geschwistern verschwunden war, ging Charles Benesteau, der regungslos vor dem Haus gestanden war und beobachtet hatte, wie sie wegfuhren, erst die Rue de Vanves, dann die Avenue du Maine hinunter bis zur Eisenbahnbrücke. Dort wandte er sich nach rechts und erreichte alsbald die Gare Montparnasse. Es war beinahe elf Uhr abends, und noch immer war es sehr warm. Hin und wieder fielen ein paar Tropfen. In der Ferne grollte ein Gewitter. Vor einem Café, dessen Markise von Zeit zu Zeit heftig vom Wind durchgeschüttelt wurde, blieb Charles Benesteau stehen. Doch sein Wunsch, auf der Terrasse Platz zu nehmen, verflüchtigte sich sogleich wieder. Er wandte sich zum Boulevard de Montparnasse. Das war seine Lieblingsrunde – weiter bis zum Observatorium und über die Rue Denfert-Rochereau wieder zurück nach Hause. Während er so ging, führte er mehrere Male seine Hand an die Stirn. Sein Schritt war fest und entschlossen. Monsieur Benesteau hatte nichts mehr gemein mit jenem Mann, den wir vor einer Gruppe von

Kindern stehenbleiben gesehen haben. Zorn stieg in ihm auf. Ohne auf die Passanten zu achten, sprach er mit lauter Stimme zu sich selbst. »Das ist ungeheuerlich. Ich frage mich, mit welchem Recht sie die Nase in meine Angelegenheiten stecken.« Hatten diese Leute denn nicht begriffen, wie groß seine Verachtung für sie war? Und dann besaßen sie auch noch die Frechheit, sein Verhalten zu beurteilen, ihm vorzuwerfen, nicht auf sein kleines Vermögen verzichtet zu haben! Denn von der gesamten Unterredung war es dieser Vorwurf gewesen, der Charles Benesteau am meisten getroffen hatte. Wenn es jemanden gab, der keinerlei Berechtigung hatte, sich auf diese Weise gegen ihn zu wenden, dann Edmond. Je länger er allerdings darüber nachdachte, desto mehr mußte er zugeben, daß dieser, trotz seiner Dummheit, seinen schwachen Punkt getroffen hatte.

Am Observatorium ging Charles, statt gewohnheitsmäßig wieder in Richtung Place du Lion-de-Belfort hinaufzugehen, den Boulevard Saint-Michel hinunter. Es war kurz vor Mitternacht. Aber der Besuch seiner Brüder hatte ihn so aufgeregt, daß er gar keine Müdigkeit verspürte. Er war gerade auf Höhe der Rue des Écoles, als sich mit einem Schlag das Gewitter entlud, das sich seit drei Uhr nachmittags angekündigt hatte. Im Handumdrehen war der Boulevard menschenleer. Es regnete so stark, daß die Automobile im Schrittempo fahren mußten. Das über die Trottoirs strömende Wasser erweckte den Eindruck eines Flußes. Charles Benesteau mußte laufen, um in einem Café Unterschlupf zu finden. Drinnen war es taghell. Den Mosaikfußboden überzogen die Spuren nasser Schuhe. Es war unmöglich, bis an die Theke vorzudringen, so viele Menschen standen davor. Von Zeit zu Zeit hörte man von der Straße her ein Geräusch, als würde Wasser aus Eimern geschüttet.

– Wo ist das Telefon?

Charles Benesteau ging ins Kellergeschoß hinunter. Von der Angestellten ließ er sich eine Nummer geben. Kurz darauf zog er die Tür der Kabine hinter sich zu.

– Sind Sie es, Danièle? Verzeihen Sie, wenn ich Sie zu dieser Stunde anrufe. Es muß schon sehr spät sein. Ich wollte Sie fragen, ob ich bei Ihnen vorbeischauen kann, jetzt, auf der Stelle. Gibt es in Ihrem Viertel auch ein Gewitter? Ich nehme ein Taxi und bin in zehn Minuten bei Ihnen. Ich bin jetzt auf dem Boulevard Saint-Michel. Dann bis gleich, Danièle. Danke.

Ein wenig sonderbar an diesem Telefongespräch war Charles' liebenswürdiger Tonfall. Dieser Mann, den wir bisher nur so schwermütig, seinen Mitmenschen so fern, gesehen haben, war für einige Minuten wieder der charmante Benesteau-Sohn der Nachkriegszeit geworden. Aber noch ungewöhnlicher war, daß seine Gesichtszüge, kaum daß er den Hörer aufgelegt hatte, plötzlich einen harten Ausdruck angenommen hatten. Sie entspannten sich auch nicht in dem Taxi, das er kurze Zeit später nahm. Es regnete noch immer sehr stark. In der Ferne rollte der Donner. Aber es blitzte nicht mehr. Das Gewitter zog ab. Charles Benesteau dachte immer noch an den Vorwurf seiner Brüder. Was würde aus ihm werden, wenn er alles, was er besaß, hergäbe? Sollte er es tun? Er war weggegangen, weil seine Umgebung ihm unerträglich geworden war. Er hatte auf diese Weise geglaubt, zeigen zu können, daß er anders war als die anderen. Aber war er es wirklich? War er nicht schlicht und einfach ein Egoist? War er in Wahrheit nicht wie jene, die er verachtete, wo das Geld für ihn doch dieselbe Bedeutung hatte wie für sie?

Das Taxi fuhr jetzt die Avenue Mozart hinunter und hielt an der Ecke Rue Michel-Ange. Nunmehr allein, blieb Charles Benesteau eine Weile regungslos stehen. Man hätte meinen können, er wäre im letzten Moment ängstlich geworden. Er hob den Kopf. Das Wohnhaus aus Quadersteinen, das sich vor ihm erhob, mußte wohl um das Jahr 1905 erbaut worden sein. Die Balkone und die Toreinfahrt waren mit Hochreliefs verziert, welche Wassernymphen darstellten. Charles klingelte an der Tür. Kurze Zeit später betrat er die Wohnung von Madame Charmes-Aicart, einer Frau von Anfang Vierzig. Sie trug einen Morgenrock, den sie geschickt verschlossen hatte, sodaß ihr doch sehr großes Dekolleté nicht zu übertrieben wirkte. Ihr Hals war etwas schlaff, aber ihre Haut wirkte frisch.

– Was ist mit Ihnen? fragte sie, und dabei musterte sie ihren Besucher, als ob dieser sich den ganzen Tag herumgetrieben hätte.

– Nichts Besonderes. Ich wollte Sie nur sehen, Danièle, erwiderte Charles Benesteau mit derselben Stimme wie am Telefon.

Im Jahre 1924, das heißt gerade zwei Jahre nach seiner Heirat, war Danièle, die damals einfach Charmes hieß – so ihr Name als Schauspielerin am Theater – seine Geliebte geworden. Dann hatte sie einen gewissen Monsieur Aicart geheiratet. Ihre Kontakte zu Charles

Benesteau wurden immer weniger. Monsieur Aicart war kurze Zeit später verstorben, hatte ihr aber ein, wie sie es nannte, hübsches Vermögen hinterlassen. Kaum hatte sie den Prozeß, den die Familie Aicart gegen sie angestrengt hatte, gewonnen, war sie in die Avenue Mozart gezogen. Sie besaß nur wenige Freunde und hatte keine Familie. Um ihren Kollegen vom Theater, die sie unaufhörlich anbettelten, aus dem Weg zu gehen, sonderte sie sich immer mehr ab. Mit Charles Benesteau hingegen freundete sie sich richtig an. Er zeigte damals bereits einen Anflug von Misanthropie, was ganz der Neigung der jungen Frau entsprach. Sie trafen sich oft, doch niemals hatte jemand aus der Umgebung des Anwalts etwas davon bemerkt. Gegenwärtig war sie die einzige der damaligen Freunde, die er weiterhin besuchte. Damit sie nicht auf den Gedanken käme, er habe sein Leben nur deshalb derartig geändert, um sie später zu heiraten, hatte er ihr selbst die intimsten Gedanken nicht vorenthalten. Sie wiederum spielte die Frau, die noch die dunkelsten menschlichen Handlungsmotive verstand. Sie ermutigte ihn sogar in der Fortsetzung des Weges, den er eingeschlagen hatte.

– Kommen Sie herein, Charles, kommen Sie. Sie sind ein außergewöhnlicher Mann, Charles. Ein, zwei Monate sehe ich Sie nicht, und dann tauchen Sie eines schönen Abends, um Mitternacht, erschöpft aus dem Regen auf. Was haben Sie den ganzen Tag getrieben?

– Nichts Aufregendes. Ich habe geschrieben. Im übrigen war es sehr schwül.

– Sie sind nicht wie gewöhnlich, Charles. Was haben Sie?

– Das kann ich Ihnen verraten. Nach dem Abendessen kamen meine Brüder und meine Schwester zu mir. Und Sie wissen ja – jedes Mal, wenn ich sie sehe, werde ich krank, ganz automatisch.

– Aha! Sie sind also zu Ihnen gekommen, sagte Danièle, auf einmal interessiert. Und was wollten die von Ihnen?

– Es ist immer dasselbe.

– Haben Sie Durst? Möchten Sie eine Zitronenlimonade? Fernande schläft schon, ich werde Ihnen selbst eine machen.

– Nein, danke. Das ist nicht nötig. Es ist zu spät.

– Die wollten Sie, da wette ich, wieder auf den rechten Weg bringen.

– Oh, glauben Sie das nicht! Bestimmt haben sie sich nur gelangweilt. Sie werden sich gesagt haben: »Schauen wir doch bei Charles vorbei. Mal sehen, was er so treibt.« Es ist viel schöner, an die frische Luft zu gehen, um einem verrücktgewordenen Bruder Ratschläge zu erteilen und ihm Vorwürfe zu machen, als sich den ganzen Abend gegenseitig anzustarren.

– Sie wirken verstimmt, Charles. Sie wissen doch selbst, daß dies bedeutungslos ist. Sie tun das, was Sie für richtig halten. Daran kann Sie keiner hindern. Also, ich verstehe Sie sehr gut. Ich bewundere Sie dafür, daß Sie die Kraft aufgebracht haben, nach Ihrem Gewissen zu handeln. Sie sind frei. Sie sind unabhängig. Wenn Sie solchen Besuch bekommen wie heute Abend, dann seien Sie eben mal für zehn Minuten freundlich!

– Nein, Danièle, ich muß mit Ihnen reden. Da ist etwas, das mich im Augenblick beschäftigt. Ich habe das

Gefühl, daß es mir an Willen, an Mut fehlt, daß ich wegen meiner Schwäche nicht vollständig mit der Vergangenheit breche. Es kann allerdings nicht angehen, daß meine Brüder so mir nichts, dir nichts zu mir kommen, mir Vorwürfe machen und mit der Überzeugung wieder abziehen, ich sei verrückt. Wenn es noch ein paar Monate so weitergeht, bleiben mir aus meinem Handeln nur noch die Nachteile. Es ist jetzt fünfzehn Monate her, daß ich meine Familie, meine Freunde aus Widerwillen und Verachtung heraus verlassen habe. Ich konnte es nicht mehr mit ansehen, wie eigennützig die Menschen handeln. Ich wollte allein sein. Heute nun merke ich, daß die, die ich verlassen hatte, ganz allmählich wieder eine Rolle in meinem Leben zu spielen beginnen. Vor einem Monat kam Marc zu mir, allein; vor zwei Monaten war es Edmond. Heute kamen sie alle beide.

– Das hat keinerlei Bedeutung.

– Das hat sehr wohl eine Bedeutung. Eine so große Bedeutung, daß ich sie von nun an nicht mehr sehen werde, meine Geschwister nicht, aber auch Sie nicht, Danièle.

– Was haben Sie, Charles?

– Auch Sie nicht, Danièle. Ich bin hier, um es Ihnen mitzuteilen. Ich empfinde weiterhin sehr viel Zuneigung für Sie. Ich vergesse nicht die Stunden voller Glück, die Sie mir gegeben haben, aber es gibt keinen Grund, daß ich Sie weiterhin aufsuche.

Als Charles Benesteau heimkehrte, war es fast drei Uhr morgens. Nun war sein Kopf vollkommen klar. Er schloß die Fensterläden und legte sich unausgekleidet auf den Diwan. Er sah wieder Madame Charmes-Aicart vor sich, wie sie ihn zur Türe brachte und gleichermaßen gegen ihre Müdigkeit und ihr Überraschtsein ankämpfte. Bevor er ins Taxi gestiegen war, hatte er ein paar Schritte in der Avenue Mozart gemacht. Nun betrachtete er die Zimmerdecke, eine schlichte Decke ohne Zierleiste, in deren Mitte der Gasanschluß angebracht war. Es gab für Charles keinerlei Bindung mehr zur Vergangenheit. Selbst Danièle war gestrichen. Es ging jetzt nur noch darum, die Sache mit dem Geld zu regeln. »Es ist bedauerlich«, dachte er, »aber genau das ist am schwierigsten. Wenn ich mein Vermögen weggebe, an Arme oder Reiche, ganz egal, wenn ich es meinen Brüdern, meiner Frau, meinen Kindern lasse – was, jedenfalls in den Augen aller anderen, nur das Natürlichste wäre –, ich werde in der Folge ohne einen Centime dastehen. Da gibt es gar keinen Zweifel, meine Gedankenführung könnte gar nicht logischer sein. Gut, angenommen, es ist so. Ich habe mein Vermögen hergegeben und besitze nichts mehr. Ich wohne in der Rue de Vanves in einer kleinen Wohnung, bestehend aus drei Zimmern und einer Küche, mit einer Jahresmiete von vierzehnhundert Francs inklusive der Nebenkosten. Das ist natürlich nicht teuer. Ich könnte den Eigentümer um einen Nachlaß bitten und würde ihn auch bekommen. Doch wenn ich kein Geld habe, wie dann bezahlen? Freilich kann ich auch kündigen und statt einer Wohnung ein einzelnes Zimmer nehmen. Die gibt es hier im Viertel für fünfhundert Francs im Jahr. Aber das ist nicht möglich, ich habe ja einen Mietvertrag. Bleibt mir die Möglichkeit, Untermieter zu nehmen, vielleicht zwei. Aber wenn ich keine finde, wovon soll ich dann leben? Ich könnte arbeiten. Ich müßte lediglich eintausend Francs im Monat verdienen. Ich bin Rechtsanwalt. Wenn ich mich im Viertel umsehe, mich hier und da anbiete, dann werde ich Klienten finden, Leute, die Rat und Unterstützung brauchen.«

Die Morgendämmerung drang bereits in das Zimmer. Charles Benesteau hatte noch kein Auge zugemacht. Er dachte über alle Details der Organisation seiner materiellen Existenz nach, über die Verwendung seines Vermögens, wenn er es nicht mehr für sich selbst bräuchte.

IV

»Ich erinnere mich sehr gut, als wir noch in Saint-Cloud
wohnten, war mein älterer Bruder bereits ein großer und
schöner junger Mann. Meine arme Cousine Régine, die
im Krieg auf so tragische Weise ums Leben kam, ver-
steckte nicht die Gefühle, die er in ihr erweckte. Edmond war etwas größer als der Durchschnitt, rank und
schlank. Sein Gesicht war wesentlich schmäler als heute.
Der Ansatz eines Schnurrbartes gab ihm eine gewisse
Würde. Aber was besonders an ihm gefiel, das waren
seine Anmut und seine Gelassenheit.«

Charles Benesteau mußte sich beim letzten Wort
unterbrechen. Soeben war an die Wohnungstür geklopft
worden. »Wenn das mal nicht wieder meine Brüder
sind«, murmelte er, während er sich erhob. Er öffnete
die Tür. Auf dem Treppenabsatz stand ein Mann, den
er vorher noch nie gesehen hatte. Ein Arbeiter im Sonn-
tagsstaat, daran war kein Zweifel. Er hielt seinen Hut in
der Hand.

– Entschuldigen Sie, Monsieur, wenn ich Sie störe,
sagte er und wand sich vor Schüchternheit, aber ich

habe gehört, Sie sind Anwalt. Wir sind Nachbarn, und
da habe ich gedacht, daß Sie mir vielleicht sagen könnten, was ich tun muß, um mich scheiden zu lassen.

– Kommen Sie herein, wir sprechen in meinem Büro darüber.

Der Besucher wurde noch verlegener. Nach jedem
Schritt, den er machte, hielt er inne, als hätte er sich
indiskret verhalten.

– Wie heißen Sie?

– Vincent.

– Vincent. Und weiter?

– Vincent Sarrasini.

– Und wer hat Ihnen gesagt, daß ich Advokat bin?
erkundigte sich Charles Benesteau, wie der Kaufmann,
der in mehreren Zeitungen eine Annonce plaziert hat
und darin die Leser bittet, einen Gutschein auszuschnei-
den, damit er feststellen kann, welche Annonce die
wirksamste sei.

– Jedermann weiß es, Monsieur.

Charles hatte in der Tat am Tag nach dem Besuch
seiner Brüder, also vor beinahe einer Woche, bei verschiedenen Geschäftsleuten des Viertels eine Karte hinterlassen, auf die er beflissen geschrieben hatte: Anwalt
berät. Moderates Honorar. Rue de Vanves Nr. 102.
Benesteau.

– Sie können sich nicht erinnern, irgendwo eine
kleine Annonce gelesen zu haben?

Der Besucher sah Charles Benesteau verwundert an.

– Aber man hat mir gesagt, daß Monsieur viel gearbeitet und sich jetzt zurückgezogen hat. Wenn ich gewußt hätte …

32

– Was dann?

– Dann wäre ich nicht hergekommen. Ich dachte,
Sie könnten mir sagen, was ich wissen will, nur so, einfach in einem Gespräch unter Nachbarn.

Charles zuckte die Achseln.

– Aber sicher, mein Freund. Sie brauchen keine
Angst zu haben. Ihr Besuch kostet nichts. Aber alles, was
ich für Sie tun kann, ist, Ihnen zu sagen, wie Sie vorzu-
gehen haben. Ich gehe nicht mehr zu Gericht. Ich führe
keine Prozesse mehr. Ich will weder mit Kollegen noch
mit Staatsanwälten je wieder etwas zu tun haben.

Der Arbeiter, nunmehr beruhigt, stellte also seinen
Fall dar. Vor etwa fünfzehn Jahren hatte er in Marseille
ein Mädchen aus dieser Stadt geheiratet. Fast unverzüglich war Nachwuchs gekommen. Nach dem Krieg hatte
man sich dann in Paris niedergelassen. Ach, er hatte
Sehnsucht nach dem Süden, aber schließlich mußte man
sein Leben fristen, und das war in Paris besser zu bewerkstelligen. Er war Maurer gewesen, nun war er Vorarbeiter. Seine Frau arbeitete als Zugehfrau. Und darin
lag der Grund seines ganzen Unglücks. Da sie trotz ihrer
vierzig Jahre noch sehr attraktiv war, machten die Herren, zu denen sie kam, ihr den Hof. Einem von ihnen,
einem Angestellten der Métro, gefiel sie besonders.
Vincent Sarrasini hätte nie etwas davon erfahren, wenn
er die beiden nicht eines Tages in zärtlicher Umarmung
gesehen hätte. Stumm war er heimgegangen und hatte
sich eingeschlossen, den Schlüssel hatte er zweimal her-
umgedreht. Als die untreue Gattin ihrerseits nach Hause
kam, fand sie die Tür überraschenderweise versperrt vor.
Sie klopfte. Es ging auf Mitternacht zu. Der gehörnte

Ehemann und seine Tochter Juliette waren hellwach, verhielten sich aber still. Seine Frau klopfte weiter an die Tür. Da hielt es Juliette plötzlich nicht mehr aus. Trotzdem ihr Vaters sie hart an den Handgelenken faßte, rief sie: »Wir sind da!« – »Wie? Ihr seid da und macht nicht auf?! Ah! Das werden wir schon sehen!« Außer sich vor Wut war die Frau wieder abgezogen, allerdings nicht ohne zuvor das ganze Haus und die Passanten aufgewiegelt zu haben. Dann war sie auf das Kommissariat gegangen und hatte dort ihre Geschichte erzählt. Kurze Zeit darauf begleitete ein Polizeibeamter sie zur Rue de Vanves. Dieses Mal öffnete Vincent Sarrasini die Tür. Doch als er, ganz unter dem Eindruck seines Zorns, dem Beamten sein Unglück erzählen wollte, tat seine Gattin ganz empört und bestürzt: wie man es denn wagen könne, sie zu beschuldigen, ihren Ehemann zu betrügen, sie, die sich für ihn aufgeopfert habe. Daß dieser die Kühnheit besäße, ihr so etwas vorzuwerfen, bewies nur, daß er selbst irgend etwas verbrochen haben mußte. Sie schlug sich mit der Hand gegen die Stirn, als wäre ihr soeben alles klar geworden. Ah! Nun verstand sie alles, sie verstand, warum ihr Gatte die Geschichte mit der Begegnung erfunden hatte, warum er ihr nicht geöffnet hatte, warum Juliette schließlich hinter der versperrten Türe gerufen hatte, daß sie da seien. Alles war klar. »Juliette«, schrie sie vor dem Schutzmann, »sag die Wahrheit, ich flehe dich an, sag die Wahrheit. Was wollte dein Vater von dir? Warum hatte er die Tür versperrt? Wieso hat er dich daran gehindert, mich zu rufen?«

– Sie wollen sich also scheiden lassen, aber Ihre Frau

will nicht, sagte Charles Benesteau wie jemand, der befürchtet, allzu unschöne Dinge zu erfahren.

– Ja. Sie gibt vor, mir immer treu gewesen zu sein.

– Und Sie wollen den Beweis des Gegenteils?

– Ich sah sie in den Armen eines Mannes.

– Sie sagen selbst, sie beteuere, dies sei nicht wahr.

– Sie würde es niemals zugeben. Sie hat zuviel Angst.

– Zuviel Angst wovor?

– Vor mir. Solange sie alles abstreitet, weiß sie sehr gut, daß ich nichts tue, weil ich mich immer fragen werde, ob ich mich nicht doch geirrt habe – obwohl ich mir dessen, was ich gesehen habe, sicher bin.

Monsieur Benesteau hatte dieser wehleidigen Geschichte mit Gleichgültigkeit zugehört, so wenig interessant erschienen ihm die Hauptfiguren. Seine Fragen hatte er lediglich aus Freundlichkeit gestellt, um dem Besucher das Gefühl zu geben, er interessiere sich für ihn. Plötzlich hob er den Kopf und betrachtete den Vorarbeiter aufmerksam. Klein wie er war, mit seinen hängenden Schultern, machte er nicht viel her in seinem nagelneuen weinroten Cheviotanzug, dessen beide Ärmel ebenso wie die Hose deutliche Falten aufwiesen, und in seinen schreiend gelben Schuhen, die zur Hälfte aus geflochtenem Leder waren.

– Wenn ich Sie richtig verstehe, sagte Charles und sah ihm dabei in die Augen, weiß Ihre Frau, daß sie die Stärkere ist, weil Sie sie lieben. Sie tut, als habe sie Angst vor Ihnen. Sie schreit. Sie macht Ihnen die schlimmsten Vorwürfe. Aber all das ist nur Komödie. Sie ist die Stärkere. Sie wollen sich also scheiden lassen?

– Ja, aber unter der Bedingung, daß mir die Obhut

über meine Tochter übertragen wird. Mein Kind ist das einzige Wesen auf der Welt, das ich liebe.

– Also, das wird schwierig sein, es sei denn, Sie einigten sich mit Ihrer Frau und bekämen ihre Zustimmung. Wenn Sie wollen, spreche ich mit ihr.

Vincent Sarrasini senkte den Kopf, scheinbar zum Zeichen des Einverständnisses.

– Wo wohnen Sie?

– Auf Nr. 104.

– Was wäre der beste Zeitpunkt, Ihrer Frau einen Besuch abzustatten?

– Halb zwölf. Da macht sie das Essen. Sie ist immer zu Hause. Aber, wenn ich es recht überlege … Ich glaube, es ist besser, Sie treffen sie nicht. Sie bekäme einen unvorstellbaren Wutanfall, wenn sie Sie sähe. Da sie nichts gegen mich in der Hand hat, bringt sie es fertig, sich an meiner Tochter zu vergreifen.

– Also, fassen wir zusammen: Sie wollen die Scheidung?

– Ja, Monsieur.

– Gut, dann kommen Sie morgen um dieselbe Zeit wieder. Ich werde über Ihre Angelegenheit nachgedacht haben und Ihnen dann sagen, was zu tun ist.

Sowie er wieder allein war, grübelte Charles Benesteau lange über diesen Besuch nach. Das Vulgäre an dieser Angelegenheit, also all das, was auf Schreien, Schlagen oder Promiskuität hindeutete, erweckte nicht eine Sekunde lang seine Aufmerksamkeit. Wie an dem Tag, als zu ihm als jungem Rechtsanwalt eine Freundin seines Vaters, Madame Bungener, gekommen war, um über eine Taktlosigkeit, begangen von ihrem Liebhaber, zu sprechen, prüfte er überaus gewissenhaft den ihm anvertrauten Fall. »Wenn ich mich nicht um ihn kümmere«, dachte er, »wird dieser arme Mann zu einem Anwalt gehen, dessen Namen er aus einer Zeitung hat. Man wird ihm sein ganzes Geld aus der Tasche ziehen, die Sache wird drei Monate dauern, und er wird verlieren.« Einen Augenblick lang dachte Charles daran, diesen Fall selbst zu vertreten. Aber schon bei dem Gedanken, ins Gerichtsgebäude zurückzukehren, seine Kollegen wiederzusehen, erneut in sein vergangenes Leben einzutauchen, erfaßte ihn ein leichtes Schwindelgefühl. Das war ausgeschlossen. Andererseits konnte er diesen unglücklichen Vorarbeiter nicht seinem Schicksal überlassen. So zeichnete sich vor seinem geistigen Auge folgende Lösung ab: Er würde einen seiner alten Kollegen aufsuchen und ihm Sarrasini besonders ans Herz legen. Das Ganze würde eine Viertelstunde in Anspruch nehmen, und damit wäre der Fall erledigt.

Am folgenden Morgen begab er sich, wie er beschlossen hatte, zu Maître Albert Testat. Von all seinen früheren Freunden war er der sympathischste, und ihn wiederzusehen war für Charles am wenigsten unangenehm. Er war es auch gewesen, der, als er von der seltsamen Krise seines Kollegen hörte, lauthals ausrief: »Wie sehr ich ihn verstehe!« Dennoch zögerte Charles lange Zeit, endlich bei ihm einzutreten. Mehr als eine halbe Stunde lang spazierte er durch das Quartier de l'Europe, in dem Maître Testat wohnte. Es widerstrebte ihm, diesen Besuch zu machen, obwohl er eigentlich nicht wußte, warum. Er ahnte all die Fragen, die ihm gestellt würden, im voraus. Er sah sich bereits verpflichtet, seine

Maske, derer er sich mit soviel Freude entledigt hatte, wieder aufzusetzen. Aber war dieser armer Vorarbeiter es ihm nicht wert? Schließlich also läutete er an der Tür.

– Ah! Welche Überraschung! Welch angenehme Überraschung! rief Albert Testat. Ich dachte schon, Sie weilten nicht mehr unter den Lebenden. Ich habe über Sie wahrhaftig ungeheuerliche Dinge gehört.

Albert Testat war etwa so alt wie Benesteau, aber er war kahlköpfig.

– Man soll nichts übertreiben.

– Das finde ich auch. Aber erzählen Sie, was Ihnen widerfahren ist.

– Oh, das würde zu weit führen. Das erzähle ich Ihnen ein anderes Mal.

Charles hatte, seitdem er das Sprechzimmer seines Freundes betreten hatte, unablässig gelächelt. Seitdem er vom Boulevard de Clichy weggezogen war, hatte er sich keine neue Kleidung mehr zugelegt. So war sein Anzug abgetragen und verschlissen, seine Schuhe waren abgenutzt. Bis zu diesem Tag hatte er keinen Gedanken daran verschwendet. In diesem Augenblick, da er Testat gegenüberstand, wurde es ihm bewußt. Doch statt Verlegenheit empfand er tiefe Befriedigung darüber.

– Ich komme in der Sache eines meiner Nachbarn zu Ihnen, sagte er, einem Vorarbeiter, der sich scheiden lassen will. Ich wollte vermeiden, daß dieser anständige Mann sich mit Unbekannten abgeben muß. Mir wäre daran gelegen, daß Sie sich um seine Angelegenheit kümmerten, und zwar mit derselben Sorgfalt, mit demselben Pflichtbewußtsein, als wenn es sich dabei um eine Angelegenheit von großem Aufsehen handeln würde.

– Aber warum übernehmen Sie den Fall nicht selbst?

– Weil ich nicht mehr praktizierender Rechtsanwalt bin, und es auch nicht mehr sein werde.

– Ah! Ich dachte, Sie wollten sich nur ein Jahr lang ausruhen.

– Ich ruhe mich nicht aus.

– Was treiben Sie denn so?

– Alles mögliche.

– Es stimmt also, was man mir gesagt hat? Das war ein Scherz eben. Ich habe lediglich wiederholt, was mir zu Ohren gekommen ist, ohne daß ich es wirklich geglaubt hätte.

– Ach bitte, reden wir nicht davon.

– Es ist trotzdem außerordentlich, wenn es stimmt!

– Es ist im Gegenteil lächerlich einfach.

– Sie nennen das einfach – die eigene Familie, die Freunde zu verlassen, den Beruf aufzugeben, um wie ein armer Schlucker zu leben?

– Ich bitte Sie, sprechen wir nicht davon. Reden wir über meinen Nachbarn. Also, das geht doch in Ordnung, ja? Ich schicke ihn hierher.

Albert Testat, dem es unangenehm war, sich mit einer so armseligen Affäre abzugeben, und der zu jenen Anwälten gehörte, die nicht jeden x-Beliebigen verteidigen, erwiderte: »Ja, das geht in Ordnung, schicken Sie ihn vorbei«, und zwar deshalb, weil er neugierig war, den Mann kennenzulernen, für den sein Kollege sich persönlich bemühte.

– Ich schicke ihn morgen zu Ihnen.

Charles Benesteau verließ das Haus. Er begriff nun, warum er den Menschen, die er von früher her kannte,

so überaus gewissenhaft aus dem Wege ging: eine un-
überbrückbare Distanz trennte ihn von diesen. Für sie
war das, was er getan hatte, außergewöhnlich, während
es für ihn so einfach gewesen war.

V

Wie verabredet kam der Vorarbeiter am folgenden Tag wieder bei Charles vorbei.

– Ich habe mich Ihrer Sache angenommen. Ich war bei einem meiner Freunde; er erwartet Sie. Sie brauchen ihm nur Ihre Lage zu schildern, und können sich ganz auf ihn verlassen.

Diese Worte schienen Vincent Sarrasini überhaupt nicht zu gefallen.

– Hier sind Name und Adresse des Anwalts, zu dem ich Sie schicke: Albert Testat, Rue de Londres Nr. 40. Das ist hinter der Gare Saint-Lazare.

Die Miene des Vorarbeiters heiterte sich auch jetzt nicht auf. Vincent Sarrasini drehte seine Mütze in den Händen. Heute, am zweiten Tag, war er nicht sonntäglich gekleidet. Er wagte nicht, den Blick zu erheben. Er stand in einer Haltung da, die man oft Verliebten zuschreibt.

– Haben Sie gehört, was ich gesagt habe?

Der Mann setzte sein Schweigen fort. Seine Hände hingegen bewegten sich immer nervöser. Sein Kopf hatte sich so weit gesenkt, daß sein Gesicht nicht mehr zu sehen war.

– Was ist los? Haben Sie Ihre Meinung geändert? Wollen Sie sich nicht mehr scheiden lassen? Sagen Sie es. Mir ist das vollkommen egal.

Sarrasini richtete sich wieder auf.

– Doch, ich will mich scheiden lassen, sagte er. Aber ich habe geglaubt, Sie würden sich meiner nicht annehmen und ...

– Das ist nicht meine Art. Von dem Moment an, da ich Ihnen versprochen habe, mich um Sie zu kümmern, und Sie darum bat, wiederzukommen, hatte ich die Absicht, etwas zu unternehmen.

– Oh, danke ... das wußte ich nicht.

– Nun gut, Sie kennen mich eben nicht.

– Also, ich war bei einem Anwalt auf dem Boulevard Sébastopol, ein sehr guter Anwalt übrigens ... es ist der meines Chefs.

– Wie heißt er?

– Arton oder Artaud.

– Dann ist ja alles bestens! Ich kenne diesen Anwalt nicht, aber da Ihr Chef ihn empfohlen hat, gibt es keinen Grund, warum er schlechter sein soll als ein anderer.

– Oh, das glaube ich nicht. Der Ihre ist bestimmt besser.

– Dann gehen Sie zu ihm. Also, machen Sie, was Sie wollen. Ich kann Ihnen keine Ratschläge geben.

Vincent Sarrasini zeigte noch immer dieselbe Verlegenheit.

– Ich bin gezwungen, den anderen Anwalt zu nehmen, und zwar wegen meines Chefs, fuhr er fort. Und das wird teuer für mich. Ich habe ihm gestern schon dreihundert Francs bezahlt. Heute muß ich ihm zwölfhundert Francs geben, und die habe ich nicht.

– Warum wollen Sie nicht zu jenem gehen, den ich Ihnen empfehle? Er wird nichts von Ihnen verlangen.

– Nein, ich muß zu dem meinen gehen. Und so wollte ich Sie fragen, ob Sie mir nicht diese zwölfhundert Francs leihen können.

Charles Benesteau argwöhnte sofort, welchen Ruf er sich im Viertel eingehandelt hatte. In die Rue de Vanves war er zufällig gezogen, ohne sich um irgend jemanden zu kümmern, überzeugt, daß er nach diesem Ortwechsel in der Menge untergehen würde – und schon hatte man gemerkt, daß er eine leichte Beute wäre. Vorsichtig warf Sarrasini einen ersten Köder. Bestimmt war er der Dreisteste in dieser Straße und ohne Zweifel derjenige, der sich immer an die Spitze setzte.

– Wenn es Ihnen weiterhilft, leihe ich Ihnen die zwölfhundert Francs. Ich wüßte nicht, was ich lieber täte.

Um ein Haar hätte er hinzugefügt: »Sie hätten mir auch gestern schon sagen können, was Sie eigentlich wollten, statt mich hier aufzuhalten«, aber er tat es nicht, weil er dies für überflüssig hielt.

Am Abend desselben Tages verfaßte er einige Seiten über einen seiner Schulkameraden, einen gewissen Louis Geoffroy, der in Les Éparges getötet worden war. Dann lauschte er einer Rundfunksendung, die bei seinen Nachbarn lief. Er fühlte sich nicht ganz wohl. Er verspürte eine Art Beklemmung und litt unter Atemnot, so als ob ihn am nächsten Morgen etwas Unangenehmes erwarten würde. Er bedauerte es, die Nachricht in Umlauf gebracht zu haben, er würde Beratungen abhalten. Dies wäre normal gewesen, wäre er ein gerissener alter Mann des Gesetzes. Aber, nachlässig, wie er war, würde er seinen Klienten nicht eher schaden als nützen? Man wird nicht ohne weiteres der Anwalt für ein ganzes Viertel. Er hätte darüber nachdenken sollen, bevor er diesen Weg einschlug. Monsieur Benesteau war umso betrübter über diesen Fehler, als daraus hervorzugehen schien, daß der Bruch mit seiner Familie ein weiterer Irrtum gewesen war. Ließen seine Handlungen nicht den Schluß zu, daß er völlig unzurechnungsfähig war?

– Monsieur, Monsieur, machen Sie auf, schnell!

Er erhob sich. Wer rief da? Noch mehr Stimmen waren auf der Treppe zu hören. Leute liefen umher, schrien. Er öffnete die Tür. Der Concierge und zwei Frauen standen auf dem Absatz. Eine dritte, die über das Treppengeländer gebeugt war, rief irgendwelchen Personen, die man nicht sehen konnte, zu: »Sagt ihnen, sie sollen warten. Wir kommen runter.«

– Was ist geschehen? fragte Charles Benesteau.

– Kommen Sie, kommen Sie schnell, er wartet auf Sie, rief in einem Zug eines der Klatschweiber.

– Wer?

– Sarrasini. Man will ihn festnehmen. Seine Frau ist bewußtlos. Er hat sie erschlagen.

– Der Vorarbeiter?

– Betrunken, verstehen Sie? Er ist betrunken. Sie müssen kommen. Er bittet Sie inständig zu kommen … man wird ihn festnehmen.

– Wenn er seine Frau getötet hat, wird man ihn auf jeden Fall festnehmen.

– Ja, aber wenn Sie dabei sind, geht alles seinen geregelten Gang. Das ist alles, was er will. Und im übrigen ist er Ihr Klient. Sie haben sich schon mit ihm abgegeben.

Charles nahm seinen Hut, schloß die Tür hinter sich und ging hinter den Leuten, die gekommen waren, um ihn abzuholen, die vier Etagen hinunter. Die Conciergenloge war voller Hausbewohner und Nachbarn. Alle drehten sich um, damit sie sehen konnten, wie er vorbeiging. Auf dem Trottoir vor dem Haus war eine Menschenansammlung, die zwei Polizisten zu Fahrrad aufzulösen versuchten. Als sie Monsieur Benesteau erblickten, verstärkten sie ihre Bemühungen.

– Durchlassen, durchlassen! schrien sie.

Das Haus Nr. 104 in der Rue de Vanves machte keinen besseren Eindruck als das Haus Nr. 102. Es war ebenfalls ein altes Gebäude. Als Charles an der Wäscherei im Erdgeschoß vorbeikam, bemerkte er mit Erstaunen, daß seine eigene Wäsche dort im Fenster lag. Er ging in das Haus und folgte dem langen, schmalen Gang, der auf den Hof führte. Inmitten von etwa zwanzig Personen konnte man die Uniformen von vier oder fünf Polizeibeamten erkennen.

– Begleiten Sie uns, Monsieur, sagte eine der Frauen, die Charles abholen gekommen waren.

Als ein Schutzmann ihm den Weg versperrte, brüllte sie diesen an:

– Sie haben kein Recht, uns am Weitergehen zu hindern. Der Herr ist Sarrasinis Anwalt.

Im hinteren Teil des Hofs befand sich ein kleiner, verfallener Anbau, dessen erste Etage an die Familie Sarrasini vermietet war. In einem der beiden Zimmer lag Hélène Sarrasini auf einem Strohsack ausgestreckt und stöhnte. Sie war eine brünette Frau mit dunklen Augen, die einmal sehr schön gewesen sein mußte. Ihre Tochter kniete neben ihr. Sie rief, jemand solle Hilfe herbeiholen, aber niemand rührte sich. Im Nachbarzimmer versuchten zwei Beamte und drei oder vier Inspektoren, Vincent zum Reden zu bringen. Obwohl er Handschellen trug, wollte er andauernd unter Gebrüll auf die Polizisten losgehen.

– Da ist er, sagte eine der Frauen zu Charles Benesteau.

Dieser betrat das Zimmer und ging auf Sarrasini zu.

Vincent indessen erkannte den Anwalt nicht wieder. Zwei Männer waren nötig, um ihn daran zu hindern, sich auf ihn zu stürzen. Der Sekretär des Kommissars trat dem Neuankömmling entgegen.

– Sie kennen Sarrasini? fragte er.

– Ich bin nicht sein Anwalt. Ich hatte lediglich die Gelegenheit, ihn einem meiner Kollegen zu empfehlen – was sich im übrigen als überflüssig herausgestellt hat.

In diesem Augenblick hörte man Rufe vom Hof her. Es waren die Krankenpfleger, die das Opfer abholen wollten. Es kam zu einer bewegenden Szene, denn Sarrasinis Tochter wollte ihre Mutter nicht gehen lassen. Beinahe gewaltsam mußte sie in die Conciergenloge gebracht und in den Alkoven gelegt werden, damit sie die Trage nicht vorbeiziehen sah. Kurze Zeit später wurde Sarrasini gebracht, oder genauer: man schleppte ihn

herbei. Dieser kleine, schmächtig wirkende Mann besaß
außergewöhnliche Kräfte. Man sah, wie er sich trotz der
Handschellen und trotzdem er von vier Polizisten fest-
gehalten wurde, immer wieder von der Gruppe losriß.
In dem Moment, da er in ein Auto verfrachtet werden
sollte, gelang es ihm, sich an der vorderen Stoßstange
festzuklammern. Fünf lange Minuten vergingen, bis er
sie endlich losließ.

– Das ist ja entsetzlich, sagte Charles. Er muß einen
Anfall von Wahnsinn gehabt haben. Gestern habe ich
ihn noch gesehen, da war er sehr ruhig. Gut, man merkte, daß er sich von seiner Frau trennen wollte, aber soweit zu gehen, sie mit einer Flasche niederzuschlagen ...

– Sie sollten das dem Kommissar erzählen.

– Ich werde zu ihm gehen. Das Kommissariat ist
doch in der Rue de la Gaieté, nicht?

Zehn Minuten später hatte Charles ein kurzes Gespräch mit dem Kommissar, den man zu diesem Anlaß
herbeigeholt hatte.

– Ich weiß nicht allzuviel von der Sache, sagte Monsieur Benesteau. Das einzige, um was ich Sie im Moment bitten möchte, ist, daß alles seinen Gang geht.
Morgen früh schreibe ich seinem Anwalt oder rufe ihn
an, denn, wie ich Ihrem Sekretär bereits sagte, wollte
Sarrasini sich scheiden lassen, weil er seine Frau mit einem Liebhaber überrascht hatte. Sein Anwalt heißt
Maître Arton, glaube ich.

– Artaud?

– Artaud. Sie haben recht.

Und als ihn der Kommissar beim Weggehen begleitete, setzte er hinzu:

47

– Das sind arme Leute. Sie wohnen in einem
schmutzigen Hinterhof, ohne Luft, Licht oder Wasser.
So etwas müßte verboten werden.

Als er aus dem Kommissariat trat, ging Charles die
Rue de la Gaieté hinunter, statt sie wieder hinaufzugehen. Auch wenn man es ihm nicht anmerkte, hatte das
soeben Erlebte ihn doch im Innersten aufgewühlt. Er
hatte das Verlangen, ein paar Schritte zu gehen. Vor allem aber wollte er, bevor er sich nach Hause begab, abwarten, daß die Aufregung, die dieses Drama hervor-
gerufen hatte, sich wieder legte. Er ging in ein großes
Café neben der Gare Montparnasse. Er betrachtete die
Passanten und dachte lange über das Vorgefallene nach.
Was ihn am meisten schockierte, war diese Brutalität,
die nicht nur der Festgenommene gezeigt hatte, sondern
auch das Opfer, die Beamten, die Nachbarn und der
Polizeikommissar. Das eine Vergehen hatte hundert andere nach sich gezogen. Niemand hatte sich veranlaßt
gesehen, mit seinen widerlichsten Gedanken hinter den
Berg zu halten. Er konnte den Blick eines Mieters nicht
vergessen, dem er beim Betreten des Hofs begegnet war,
diesen Blick, dem die Freude abzulesen war, einem
Drama beizuwohnen, ohne selbst davon betroffen zu
sein.

Um Mitternacht packte die Damenkapelle ihre In-
strumente zusammen. Charles stand auf und machte
sich auf den Heimweg. Die Rue de Vanves lag ruhig da.
Vor den Häusern Nr. 102 und Nr. 104 war keine Menschenansammlung mehr. Gewöhnlich wurde die Gasbe-
leuchtung um zehn Uhr abgestellt. An diesem Abend
indes war sie noch an. Monsieur Benesteau war froh dar-

48

über. Langsamen Schritts ging er die Treppe hoch. Bevor er die dritte Etage erreichte, bemerkte er, daß eine Tür offenstand und dort Licht brannte.

– Monsieur?! Bitte …

Er wandte sich um. Ein Mann, der offenbar auf ihn gewartet hatte, stand auf dem Treppenabsatz. Um nicht einfach nur so dazustehen, hielt er einen Eimer in der Hand. Der Mann war alt und hatte weißes Haar. Er trug ein khakifarbenes Hemd und einen Alpakagürtel, der mit Perlmuttknöpfen besetzt war. Was besonders auffiel, waren seine hervortretenden Adern, sowohl am Hals als auch an den Händen.

– Sie kommen gerade nach Hause?

– Ja, sagte Charles und blieb stehen. Er konnte sich denken, daß dieser Alte ihm den ganzen Abend aufgelauert hatte.

– Was für eine Geschichte, nicht wahr, Monsieur?

– Das alles ist sehr unerfreulich.

– Sie kennen diese Leute bestimmt sehr gut, was? Mir ist aufgefallen, daß man Ihnen erlaubt hat, in den Anbau zu gehen.

– Ich kannte sie nicht persönlich, das sage ich Ihnen.

– Man hat mir gesagt, Monsieur, Sie seien Anwalt.

– Ich bin es nicht mehr.

– Sie haben doch Anzeigen aufgegeben.

– Ja, aber ich werde sie wieder zurückziehen.

Der Alte stellte den Eimer zu seinen Füßen ab. Man merkte, daß ihm daran gelegen war, die Unterhaltung in die Länge zu ziehen.

– Sie werden mir verzeihen, wenn ich Ihnen diese Fragen stelle.

– Gewiß.

– Man sieht eben gleich, daß Monsieur kein gewöhnlicher Mieter ist.

– Da täuschen Sie sich. Ich bin ein Mieter wie jeder andere.

– Oh nein, Monsieur!

Der Alte bückte sich nach seinem Eimer, und Monsieur Benesteau nutzte diesen Moment, um in seine Wohnung zu gelangen.

VI

Als Charles aufwachte, war es acht Uhr morgens. Sogleich fiel ihm die tragische Begebenheit vom Vortag
wieder ein. Woran er sich besonders erinnerte, war das
Verhalten der Nachbarn, das der Polizeibeamten, ihre
geheuchelte Empörung und ihre Neugierde. Keiner der
Anwesenden, von den Polizisten vielleicht abgesehen,
hatte so etwas schon einmal erlebt. Jeder hatte irgend
etwas beizutragen. Nun, es entsprach nicht Charles Benesteaus Charakter, mit einem Individuum wie Vincent
Sarrasini Mitleid zu haben. Aber dennoch: hinter der
allgemeinen Erbitterung gegen diesen Mann steckte
mehr als nur Entrüstung.

Charles zog sich an. Bei schönem Wetter setzte er
sich für gewöhnlich in den Jardin du Luxembourg. Dort
blieb er bis gegen elf Uhr. Dann erledigte er seine Einkäufe für das Mittagessen, das er übrigens selber zuberei-
tete. Dieses Leben hatte nichts besonders Ausgelassenes,
dennoch gefiel es ihm. Niemand konnte es durcheinan-
derbringen. Die kleinen körperlichen Arbeiten boten
ihm Ablenkung. Die Einsamkeit, in der er lebte, die für

jeden anderen unerträglich gewesen wäre: für ihn war sie
sein größtes Glück. Nach so vielen Jahren inmitten all
der Menschen ließ sie ihn mit jedem Tag deutlicher
seinen wahren Weg erkennen, wie er ihn von Jugend an
hätte einschlagen sollen. Seit einigen Wochen hing er
einem großen Projekt nach – er wollte seinen Memoiren
einen viel umfassenderen Sinn geben. Wen interessierte
schon, daß sein Bruder Edmond vor dem Krieg ein
hübscher Bursche gewesen war?

Es schlug zehn, als er seine Wohnung verließ. Die
Tür, die auf die Straße hin ging, war zugesperrt. Er wollte sie gerade aufschließen, da hörte er, wie das Logen-
fenster aufgemacht wurde, und dann vernahm er die
Concierge:

– Monsieur, könnten Sie mal einen Augenblick her-
kommen? Ich möchte mit Ihnen sprechen.

Er betrat die Conciergenloge. Das Zimmer war mit
Möbeln so vollgestopft, daß man sich darin nicht rühren
konnte. Am Fenster zum Hof stand ein Käfig, in dem
ein Kanarienvogel umherflatterte. Auf einem Koffer
hockte eine Katze. Jedesmal, wenn sie zum Käfig hinauf-
spähte, gab die Concierge ihr einen Klaps. Sie wollte sie
dazu erziehen, nicht die Vögel zu fressen.

– Entschuldigen Sie, Monsieur, wenn ich Sie so im
Vorübergehen angehalten habe, aber man hat mich ersucht, Sie zu fragen …

Sie unterbrach sich, weil sie über ihre eigene Aus-
drucksweise lachen mußte. Sie war eine dicke, rotge-
sichtige Frau, deren herabhängende Mundwinkel ihrem
Gesicht einen seltsam verbitterten Ausdruck gaben.

– Mich was zu fragen?

– Wie Sie über die Folgen dieser schrecklichen Sache denken.

– Ich denke gar nichts, oder besser, ich denke, daß es eine sehr traurige Angelegenheit ist.

– Es ist sehr traurig, ja, das ist es.

– Nun, nach dem, was man mir gesagt hat, ist die Frau nicht lebensgefährlich verletzt worden. Man befürchtete einen Schädelbruch. Gestern abend hat man vom Krankenhaus aus das Kommissariat verständigt. Sie hat keinen Bruch.

– Am traurigsten bei dieser Geschichte ist das Schicksal des Kindes. Was soll aus der armen Kleinen bloß werden? Monsieur Serruriers Loge liegt gleich neben der meinen. Da ist nur diese Wand dazwischen. Tja, und die ganze Nacht habe ich die Arme jammern gehört. Zum Herzerweichen. Mein Gatte, das ist ein richtiger Mann. Er hat sich angezogen und ist weggegangen. Ich dachte, Monsieur, daß Sie doch bestimmt mehr Herz besitzen, daß Sie mal nachschauen könnten, was sich nebenan so abspielt. Ich bin sicher, daß auch etwas getan werden kann, wenn eine Persönlichkeit wie Sie es wünscht. Sie waren ja so gut zum Vater des Kindes. Wenn man bedenkt, daß Sie ihm, ohne ihn zu kennen, Geld geliehen haben …

– Das hat er Ihnen gesagt.

– Er war viel zu stolz, um es für sich zu behalten. Allen hat er es erzählt.

Die Concierge sagte die letzten Worte mit einem seltsamen Unterton.

– Ich darf mir erlauben, Monsieur, Sie darauf hinzuweisen, daß Sie zu großzügig gewesen sind, fuhr sie

fort. Wenn Sie zuvor mit mir gesprochen hätten, ich
hätte sie gewarnt. Jeder weiß, daß Sarrasini nie einen
Finger gerührt hat. Wenn er gerade Sie aufgesucht hat,
dann, weil er wußte, daß Sie im Viertel keine Seele
kannten.

Charles Benesteau lächelte. Er dachte an ein Thea-
terstück, das er vor dem Krieg gesehen hatte, während
seiner Ferien in Deutschland, ein Stück, das einen tiefen
Eindruck auf ihn hinterlassen hatte. Es ging darin um
einen Schloßherren, der geschworen hatte, alles, was
man von ihm wollte, herzugeben, und der dann, statt
seinen Ruin zu erleben, sah, wie sein Vermögen sich
verdoppelte. Warum bat die gute Concierge ihn nicht
einfach auch um etwas, statt neidisch auf das zu sein,
was er Sarrasini gegeben hatte?

Kurze Zeit darauf betrat Charles die Nachbarloge.

– Psst, sie schläft, sagte eine alte Frau, die an zwei
Stöcken ging. Sie schläft dort hinter dem Vorhang.

»Wie konnte man ahnen, daß ich wegen der Kleinen komme?« dachte Charles. Er ging zum Alkoven und
zog den Vorhang beiseite. Seinen Augen bot sich ein
ungewöhnliches Schauspiel. In der stickigen Vertiefung
des Alkovens, auf einem Bett, das aus einem unentwirr-
baren Durcheinander bestand, hockte ein etwa siebzig-
jähriger Mann. Um seinen Hals war ein Schal gewickelt,
und als Nachtmütze diente ihm ein Strumpf seiner
Frau, dessen Spitze bis zu seinen Oberschenkeln hinab-
reichte. Er war einzig mit einem Hemd bekleidet. Man
sah seine entblößten mageren Beine, die wie totes Holz
an ihm baumelten. Ohne daß man den Grund dafür
erkennen konnte, war ein Taschentuch um seine linke

Wade gewickelt. Der alte Mann war seit mindestens einer Woche unrasiert. Dieser Anblick wäre nichts als grotesk gewesen, hätte da nicht im selben Bett, inmitten derselben geflickten Decken, ein reizendes kleines Mädchen gelegen.

– Seien Sie leise, flüsterte der Alte, der über keinen einzigen Zahn mehr verfügte und dessen Nasenspitze fast sein Kinn erreichte. »Sie ist erst vor kaum einer Stunde eingeschlafen.«

Der Concierge ließ sich auf den Boden hinuntergleiten. Doch bereits dieser kleine Hopser von fünfzehn Zentimetern ließ ihn das Gleichgewicht verlieren. Charles konnte ihn gerade noch rechtzeitig am Arm festhalten. Der Alte machte sich jedoch sogleich los, nicht ohne ungehalten zu sein.

– Julie!

Die Frau mit den beiden Stöcken kam auf ihn zu.

– Schieb den Stuhl da heran, sagte er, wobei er mit zittrigem Arm auf denselben zeigte, auf den, wenn es zu warm war, das Daunenbett gelegt wurde.

Charles wollte dies für sie erledigen, doch der Concierge hielt ihn zurück, wobei er ihn nicht am Arm und auch nicht an der Hand packte, sondern lediglich an einem einzigen Finger.

– Seien Sie leise, wiederholte er.

Nachdem sich seine Frau zurückgezogen hatte, die, um den Stuhl zu fassen, ihre beiden Stöcke in eine Hand hatte nehmen müssen, setzte er sich überaus bedächtig, waren seine Beine doch so schwach, daß sie ihn immer, wenn er Platz nahm, im letzten Moment im Stich ließen.

Charles ließ Sarrasinis Tochter nicht aus den Augen. Sie war nicht besonders hübsch, aber sie war so jung, wirkte so frisch in dieser schmutzigen Loge. Ihre Lider waren gesenkt, und ihre Wimpern lagen wie über die kaum geränderten Augen hinaus ausgebreitet. Die Zähne, die man zwischen ihren Lippen erkennen konnte, waren weder schön noch gepflegt. Die Haare waren ungekämmt. Tränen hatten auf den Wangen Streifen hinterlassen. Aber das war ein Kind von dreizehn Jahren.

Als der Concierge fertig angekleidet war, kamen alle in die Loge zurück.

– Was sollen wir nur mit ihr anfangen? fragte die alte Frau, während sie das Fenster öffnete.

– Du machst das Fenster schon auf? Laß mich erst meinen Kaffee trinken!

– Hier drinnen ist nicht genügend Luft für drei Personen, erwiderte die Concierge. Also, ich wollte mit Ihnen reden, Monsieur. Ich bin froh, daß Sie gekommen sind. Ich bin zu alt, um vier Etagen hinaufzusteigen, sonst hätte ich schon bei Ihnen vorbeigeschaut. Hat man Ihnen die Nachricht übermittelt?

– Was meinen Sie?

– Madame Bichat. Ich habe Madame Bichat gesagt, sie soll zu Ihnen gehen. Hat sie natürlich nicht getan. Die Leute sind ja so bösartig, so eifersüchtig.

– Doch wohl nicht auf mich! sagte Charles.

– Ach, Sie wissen gar nichts, Monsieur. Sie ahnen ja nicht, was so alles erzählt wird. Es ist unvorstellbar. Da stehen einem die Haare zu Berge.

– Du kannst jetzt das Fenster öffnen, sagte der Concierge, der seinen Kaffee nun ausgetrunken hatte.

56

Charles wollte dies erledigen, aber erneut wurde er daran gehindert. Das Paar hatte wohl von Gastfreundschaft eine so hohe Vorstellung, daß beide trotz ihres fortgeschrittenen Alters um nichts auf der Welt zugelassen hätten, daß ihr Gast sich bemühte. Charles spürte dies und beharrte nicht darauf. Einen Moment lang hatte er sogar den Eindruck, diese braven Leute womöglich gekränkt zu haben, als er ihnen seine Hilfe angeboten hatte.

– Was erzählt man denn so? erkundigte sich Monsieur Benesteau, obwohl er glaubte, für derlei Geschwätz nicht die geringste Neugierde zu besitzen.

– Man erzählt nur unwahre Sachen.

– Reden wir nicht mehr davon, ging Charles darüber hinweg, dem es ein wenig peinlich war, eine solche Frage gestellt zu haben.

– Sie haben recht. Sie sind jung. Das alles muß Sie abstoßen. Glücklicherweise hat Madame Bichat es nicht vermocht, Sie daran zu hindern, selbst herzukommen.

– Ihre Kollegin, die Concierge meines Hauses, war es, die mich gebeten hat, bei Ihnen vorbeizuschauen.

– Das ist ja Madame Bichat! Warum sagen Sie, daß sie Ihnen nicht Bescheid gesagt hat?

– Das habe ich nicht gesagt. Ich habe gesagt, daß sie nicht zu mir hochgekommen ist, um mir Bescheid zu geben.

– Ach so. Sie hat Ihnen nicht Bescheid gegeben.

– Doch, aber erst, als ich an ihrer Loge vorbeiging. Darum bin ich ja jetzt hier. Es ist spät. Ich muß gehen. Sagen Sie mir ganz schnell, worum es geht.

– Wir dachten, daß Sie vielleicht etwas für die Kleine tun könnten, sagte die Concierge. Sie will nicht nach Hause zurück. Sie hat kein Geld. Ihre Mutter ist im Krankenhaus, ihr Vater im Gefängnis. Mein Mann und ich hätten sie ja aufgenommen, aber wir haben nicht genug Platz. Sie sehen ja selbst, wir sind räumlich zu beengt. Ich mußte diese Nacht im Sessel schlafen, um das Bett der Kleinen und meinem Mann zu überlassen.

– Kennen Sie denn niemanden im Haus, der sich des Kindes ein paar Tage lang annehmen könnte? Die Mutter wird doch bestimmt bald zurück sein. Es kann sich höchstens um zwei Wochen handeln.

– Da gibt es niemanden, Monsieur. Sie allerdings, Monsieur, Sie ...

– Ich wüßte nicht, was ich lieber täte. In diesem Falle müßte aber jemand bei mir schlafen, ein Hausmädchen, das die Küche macht. Ich bräuchte eine Person wie Madame Bichat. Ich allein kann mich nicht genug um ein Kind kümmern. Dabei will ich, daß sie glücklich ist, daß es ihr an nichts fehlt.

– Oh, Monsieur, Sie haben ganz recht!

– Ich habe noch eine Bedingung vergessen, der ich aber mehr Bedeutung beimesse als den anderen: die Kleine muß auch zu mir kommen wollen. Ich will sie zu nichts zwingen.

– Weck sie auf! sagte die Concierge zu ihrem Gatten.

Monsieur Benesteau trat dazwischen. Man solle sie schlafen lassen. Er hätte noch Besorgungen zu machen. Man könne nach dem Mittagessen über all das weitersprechen. Zeit war ja genug.

Erst gegen vier Uhr nachmittags kehrte Charles zu

den Conciergen zurück. Anscheinend hatten sie sehr
spät zu Mittag gegessen, denn sie waren noch bei Tisch.
Juliette Sarrasini hockte zwischen ihnen, den Kopf gesenkt. Nah am geöffneten Fenster saß eine Frau, die einen schwarzen Hut aufhatte und eine nagelneue Hand-
tasche in den Händen hielt; sie sah – wie es so schön
heißt – vorbildlich aus. Sie schien auf irgend etwas zu
warten. Als Monsieur Benesteau auftauchte, stand sie
sogleich auf. Mit einem Wort, sie wirkte wie eine
Haushälterin, die sich vorstellte.

– Treten Sie ein, Monsieur. Wir warteten schon auf
Sie, sagte die Concierge. Gerade heute morgen, kurz
nachdem Sie gegangen waren, habe ich Madame Chevasse gesehen und ihr erzählt, was Sie mir gesagt haben.
Sie ist daran interessiert.

Besagte Dame war etwas näher herangekommen,
und wie jemand, der bereits hunderte Male dieser ersten, alles entscheidenden Betrachtung ausgesetzt war,
stand sie kerzengerade und mit aufrechtem Blick, als ob
sie posieren würde. Charles sah sie nicht einmal an. Ihn
interessierte nur das Kind. Er versuchte, dessen Blick zu
erhaschen, doch vergebens. Es hielt den Kopf gesenkt
und schien gleichgültig gegenüber seiner Umgebung.

– Aber, aber, meine Kleine, was hast du denn? Du
weißt doch, daß alles wieder gut wird. Ich habe Neuigkeiten von deiner Mutter. Sie kommt in den nächsten
Tagen nach Hause. Und dein Vater, der wird ebenfalls
sehr bald wieder da sein.

Obwohl diese Worte äußerst sanft formuliert worden waren, schien Juliette sie nicht einmal zu hören.

– Das ist sicherlich die Folge von all dem, sagte Madame Chevasse. Man ist ja so sensibel in diesem Alter! Es muß ja ein fürchterlicher Schlag für das arme Kind gewesen sein. Aber machen Sie sich keine Sorgen, Monsieur, ich habe selbst zuviel durchgemacht, um nicht das Leid der anderen verstehen zu können.

– Aber, aber, meine Kleine, heb den Kopf. Sieh mich an. Erkennst du mich denn nicht?

Juliette verharrte regungslos.

– Ich war achtzehn, kaum ein paar Jahre älter als diese Kleine, als mein erster Mann starb, fuhr Madame Chevasse fort. Er wurde eine Woche nach der Kriegserklärung von einem Ulanen getötet, ich erfuhr es von seinen Kameraden. Er ließ mich mit zwei Kindern zurück. Sie haben es bei mir also mit keinem Grünschnabel zu tun. Was ich ertragen habe, das kann ich Ihnen gar nicht sagen, Monsieur, das kann man gar nicht erzählen. Das muß man mitgemacht haben, will man das verstehen. Nur gut, daß die Männer wissen, was Freundschaft ist. Die Abteilung, der mein Mann angehörte, hat für mich gesammelt. Ein Jahr lang schrieben sie mir herzzerreißende Briefe, ich habe sie aufbewahrt und werde sie Ihnen zeigen. Solch große Gefühle gibt es heute gar nicht mehr. Deshalb konnte es auch nicht spurlos an mir vorübergehen, als Madame la Concierge – verzeihen Sie, Madame, aber ich weiß Ihren Namen nicht – all das berichtete, was bezüglich der Kleinen vorgefallen war, und insbesondere, als sie mir von Ihnen, Monsieur, erzählte. Ich habe mich auf einmal fünfzehn Jahre jünger gefühlt. Im Grunde sind ja alle Epochen gleich. Es gab und es gibt immer Menschen, die das Herz am rechten Fleck haben.

Monsieur Benesteau hatte dieser kleinen Rede mit
scheinbar großer Aufmerksamkeit zugehört, in Wirk-
lichkeit aber ununterbrochen dieses Kind angesehen, das
er bei sich aufzunehmen beabsichtigte, und dessen Blick
er noch nie begegnet war.

– Na, komm schon, sieh Monsieur an! sagte Madame Chevasse, als ob Juliette ihre Tochter wäre, dabei
war es das erste Mal in ihrem Leben, daß sie sie sah.

Charles gab ihr ein Zeichen, das Kind in Ruhe zu
lassen. Der Tonfall von Madame Chevasse war ihm zutiefst unangenehm gewesen. Er hatte ihre Absicht ge-
spürt, Juliette zu verstehen zu geben, daß es in ihrem Interesse sei, liebenswert zu erscheinen.

– Magst du denn nicht bei mir wohnen? Du wirst
nicht unglücklich sein. Und außerdem ist das ja nur für
ganz kurze Zeit. Deine Mama kommt wieder, und dann
gehst du mit ihr nach Hause zurück.

– Gib Antwort, entfuhr es da Madame Chevasse.

Die Concierge stand auf, ging um den Tisch herum,
faßte das Kind am Hals, zwang es, den Kopf zu heben
und Charles – »dem Monsieur, der nur dein Gutes will«,
wie sie sagte – ins Gesicht zu sehen. Um von dieser Um-
klammerung freizukommen, gehorchte Juliette. Einen
Moment lang sah sie Monsieur Benesteau mit ihren
blauen Augen an. Dies genügte ihm, um zu begreifen,
wie unglücklich sie war. In ihrem Blick war nichts Ju-
gendliches mehr; es war vielmehr der Blick eines We-
sens, das sich bereits hatte verteidigen müssen, das ge-
kämpft hatte, und dem die Schwierigkeiten des Lebens
eine lauernde Wachheit verliehen hatten.

– Du willst doch mit mir kommen, nicht wahr?

Zum Zeichen der Einwilligung senkte sie den Kopf. Man ahnte, daß es ihr egal war, daß sie aber trotz ihres Schmerzes spürte, daß es im Interesse dieser Menschen wie in ihrem eigenen lag, zuzustimmen. Sie sagte also ja, ohne sich im klaren zu sein, worum es genau ging.

– Und Sie, Madame, erkundigte sich Charles bei Madame Chevasse, ist es Ihnen nicht zu unangenehm, in meine Dienste zu treten?

– Oh nein, Monsieur, im Gegenteil! Ich habe immer nur für andere gelebt.

– Nun gut, dann gehen wir doch zu mir hinauf, wenn es Ihnen recht ist. Wir werden schon sehen, wie wir uns arrangieren. Man darf ja nicht vergessen, daß meine Wohnung nur drei Zimmer hat.

– Das ist doch schon recht ordentlich, Monsieur.

– Danach holen wir das Kind. Ich denke, mit ein wenig gutem Willen wird sich alles wieder einrenken.

VII

Noch am selben Abend richteten sich Juliette Sarrasini
und Madame Chevasse bei Monsieur Benesteau ein.
Zwei Türen wurden verbarrikadiert. Jeder hatte seine
Unabhängigkeit, nur der Eingang gehörte allen. Seit
Jahren schon war Madame Chevasse nicht mehr so
umtriebig gewesen. Innerhalb von zwei Stunden war sie
bald vierzigmal zwischen ihrer Wohnung, die ebenfalls
in der vierten Etage, aber im Nachbarhaus lag, und der
von Monsieur Benesteau hin- und hergependelt. Sie hatte ihre »persönlichen Sachen«, wie sie es stolz nannte,
herübergebracht. Bei jedem Transport war ihr eingefal-
len, daß sie etwas vergessen hatte. Freunde hatten ihr
helfen wollen; sie hatte abgelehnt. In der Zwischenzeit
war Juliette Sarrasini stumm in der düsteren Loge sitzen-
geblieben. Die beiden entnervten Conciergen hatten sie
vergessen. Die warme Sonne lag auf den fleckigen Fas-
saden. Durch Scheiben und Spiegel reflektiert, gelang-
ten ihre Strahlen dann und wann, unbegreiflich wie, bis
in die Loge, die so für einige Sekunden etwas Licht
bekam. Was Charles betraf, er hatte dieser ganzen Um-

zugsgeschichte mit absoluter Ruhe beigewohnt. Anfänglich hatte er wohl versucht, Madame Chevasse zu dämpfen und ihr begreiflich zu machen, daß es sich bei all dem um nichts Besonderes handelte. Aber er hatte sehr bald einsehen müssen, daß er nur seine Zeit vergeudete.

Es war acht Uhr, als alle drei sich in der Küche zum Essen einfanden.

– Wie, du hast dir nicht die Hände gewaschen? sagte Madame Chevasse zu Juliette. Würdest du das bitte schleunigst nachholen – und vor allem möchte ich das nicht noch einmal sagen müssen.

»Diese Frau ist unausstehlich«, dachte Monsieur Benesteau, der sich schon seit geraumer Zeit zurückhalten mußte, um seine Antipathie nicht zu zeigen.

Als das Kind zurückkam, wollte es nichts zu sich nehmen. Es verhielt sich genauso wie in der Loge. Den Kopf gesenkt, blickte es niemanden an, und wenn man es ansprach, schien es nicht zu hören.

– Das geht vorüber, sagte Madame Chevasse in schuldbewußtem Ton, als wäre sie für Juliettes Marotten verantwortlich.

Charles Benesteau faltete seine Serviette zusammen. Nach dieser mit Juliette und Madame Chevasse verbrachten halben Stunde war er niedergeschlagen. Er erhob sich, gab ein paar Ratschläge; was allerdings auf diese Weise kommentiert wurde: »Ich habe schon verstanden, es war unnötig, mir das zu sagen, es ist nicht das erste Mal, daß ich ...« Und so weiter.

Als er an der Loge vorbeiging, hörte er, wie nach ihm gerufen wurde.

– Ein Telegramm für Sie, Monsieur Benesteau.

Er öffnete es und las: »Jacques Blinddarmentzündung, wollen Dich schnellstmöglich sehen. Alberte.«

– Ist das Telegramm schon lange da?

– Oh ja, entschuldigen Sie, Monsieur, seit vier Stunden. Nach diesen ganzen Geschichten habe ich nicht mehr daran gedacht, es Ihnen zu geben.

Charles erwiderte nichts. Zum ersten Mal seitdem er in diesem Haus wohnte, zeigte er sich verstimmt. Er hatte jetzt das Gefühl, daß dieses Vergessen absichtlich gewesen war, daß im selben Moment, da ein so bewegendes Ereignis wie die Unterbringung der kleinen Juliette an der Seite von Madame Chevasse stattfand, befürchtet wurde, dieses Telegramm zwänge ihn, seine Entscheidung rückgängig zu machen. Also hatte man erst einmal den Einzug in die Wohnung abgewartet, bis man ihm das Telegramm aushändigte. Das war lächerlich. Er tat ja immerhin nichts Weltbewegendes, wenn er einem armen Mädchen zu Hilfe kam, dessen Eltern im Gefängnis beziehungsweise im Krankenhaus waren. Aber er beruhigte sich fast sogleich wieder. Es war sein Fehler gewesen. Er hätte begreifen müssen, daß die kleinen Leute, unter denen er lebte, sich nicht grundsätzlich von denen unterschieden, mit denen er gebrochen hatte. Als er einen Schlußstrich unter seine Vergangenheit gezogen hatte, war ihm nicht bewußt gewesen, daß seine Gesten weiterhin Konsequenzen haben würden, er hatte gedacht, daß er frei wäre, daß er nie mehr Rechenschaft ablegen müßte. Nun aber wurde er dessen gewahr, daß es ihm, wo er sich auch befand, unmöglich war, nicht doch aufzufallen. Jede einzelne seiner Handlungen wurde weiterhin genau kontrolliert. Und dabei konnte man seine Selbstauslöschung nicht stärker betreiben, als er es getan hatte. Er kehrte um.

– Madame Bichat, ich danke Ihnen, sagte er.

– Oh, Monsieur! Das ist doch nicht der Rede wert!

– Mich überkam plötzlich Angst, und ich bin gegangen, ohne Ihnen zu danken. Entschuldigen Sie.

Kurze Zeit später nahm er ein Taxi und ließ sich auf den Boulevard de Clichy fahren. Wenn er seine Brüder und seine Schwester auch mehrere Male wiedergesehen hatte, so war es doch fast ein Jahr, daß er Alberte nicht mehr zu Gesicht bekommen hatte. Dennoch läutete er bei ihr ganz ohne innere Rührung. Ein ihm unbekannter Bediensteter – Alberte hatte am Morgen nach dem Weggang ihres Mannes alle Dienerschaft vor die Tür gesetzt – machte ihm mißtrauisch die Tür auf, denn nach neun Uhr kam nie jemand unerwartet. Dann wurde er in sein eigenes Arbeitszimmer geführt. In den Minuten des Wartens hatte er Gelegenheit zu der Feststellung, daß, wenn niemand die Bibliothek und die Möbel oder gar die kleinen Dinge auf dem Schreibtisch angerührt hatte, dies nicht aus Achtung gegenüber deren Besitzer geschehen war, sondern eher aus Gleichgültigkeit.

Dann ging die Tür auf und Alberte erschien. Sie war eine große, blonde Frau, sehr blaß, sehr schön, obwohl ihre Lider welk geworden waren. Sie stand ein wenig gebeugt, was aber sehr charmant wirkte. Als sie ihren einstigen Ehemann sah, lächelte sie.

– Wie kommt es, daß du zu dieser Stunde hier hereinschneist? fragte sie ihn, als ob sie ihn noch am Tag zuvor gesehen hätte. Ich wollte gerade zu Bett gehen. Wenn Jean nicht da wäre, hätte dir niemand geöffnet.

– Mir ist eben erst dein Telegramm ausgehändigt
worden. Ist Jacques hier?

– Er ist in der Klinik. Man hat ihn noch nicht operiert. Du weißt ja, daß man bis zur Operation einige
Tage wartet.

– Ah! Das klingt schon besser. Nach deinem Telegramm hatte ich den Eindruck, daß er wegen einer aku-
ten Entzündung dringend operiert werden müsse, und
das ist ja immer unangenehm.

– Im Telegramm hatte ich gesagt: Jacques Blinddarmentzündung, wollen dich schnellstmöglich sehen.
Das bedeutet, er und ich, wir wollen dich zusammen sehen. Da er einen solchen Wunsch hegt, kann es ihm ja
nicht so dreckig gehen. Stimmt's?

Monsieur Benesteau stand wie angewurzelt.

– Aber nimm doch Platz, Charles. Wenn Jean noch
da ist, werde ich dir eine Zitronenlimonade bringen lassen, oder möchtest du lieber einen Whisky?

– Ja, einen Whisky.

– Er ist nicht mehr da, sagte Alberte gleich darauf,
aber hier ist die Flasche. Ich hole dir ein Glas. Selters-
wasser kannst du dir selber aus der Küche holen. Die
Flaschen sind im Eisschrank, das Eis natürlich auch.

Kurz darauf waren Alberte und Charles erneut im
Arbeitszimmer vereint.

– Und, was treibst du so, Charles?

– Nichts Besonderes. Ich schreibe, ich lese.

– Bist du glücklich?

Alberte stellte diese Fragen wie selbstverständlich.
Sie schien vollkommen vergessen zu haben, daß der
Mann vor ihr einmal ihr Gatte gewesen war. Sie behan-

delte ihn wie einen Freund, ja, wie einen sehr guten Freund, vollkommen zwanglos. Hätte er eine Anspielung auf Vergangenes gemacht, hätte sie ihn sicherlich erstaunt angesehen, verständnislos, sich fragend, ob er noch bei Trost sei. Sie schien indessen glücklich, ihn wiederzusehen, womöglich auch, um ihm zeigen zu können, wie wenig das, was von ihm ausgegangen war, sie getroffen hatte.

– In welcher Klinik ist Jacques? wollte Charles wissen.

– Rue Piccini. Hol mich um zwei Uhr hier ab. Wir besuchen ihn zusammen. Er wird sich freuen.

– Ist gut. Ich komme morgen um zwei.

– Sei bitte pünktlich, denn um halb vier habe ich einen Termin.

In dieser perfekt gespielten Gleichgültigkeit lag eine Geziertheit, die Monsieur Benesteau aufhorchen ließ. Er kannte seine Frau gut genug, um zu wissen, daß sie mit dieser gelassenen Person, die vor ihm stand, nichts gemein hatte. War das Haltung? Hatte sie sich gewünscht, ihn wiederzusehen, und wollte sie es aus Selbstliebe heraus verbergen? »Hol mich um zwei Uhr ab, aber nicht später.« Das verpflichtete zu gar nichts. Das erlaubte, das Terrain zu sondieren, ohne sich zu sehr einzulassen.

– Ich muß gehen, sagte er. Es ist schon spät. Du wolltest zu Bett gehen. Ich will dich nicht stören.

Sie begleitete ihn bis zur Tür, wobei sie mehrmals stehenblieb, um eine Zeitschrift zu suchen, die sie im Bett lesen wollte.

– Wie bist du hergekommen? erkundigte sie sich.

– Mit dem Taxi.

68

– Du hättest direkt mit dem Bus kommen können, nehme ich zumindest an. Du wohnst doch an der Porte d'Orléans?

– Bitte, übertreib nicht.

– Na ja, aber doch in dieser Richtung?

– Ja.

– Also, da gibt es eine Busverbindung. Du brauchst unten nur bis zur Rue des Martyrs zu gehen. Du wirst den Bus sehen, er fährt da vorbei. Vielleicht mußt du fünf Minuten warten, aber nicht mehr.

Charles lächelte.

– Ich verlasse dich jetzt, Alberte, bis morgen.

– Gut, morgen um zwei. Ist das klar? Nicht um fünf nach – um zwei Uhr!

Die Bäume auf dem Boulevard de Clichy warfen zitternde Schatten auf die Häuser. Die Luft war mild. Charles Benesteau dachte über den Besuch nach. Er sah Alberte wieder vor sich, einzig darum bemüht, wie immer zu erscheinen, gleichgültig gegenüber allem, was nicht sie selbst war. Jahrelang hatte er neben ihr gelebt, und heute, nach einjähriger Trennung, hatte sie nicht einmal versucht zu verstehen, wie es in ihm aussah.

VIII

Bevor er am nächsten Tag das Haus verließ, wollte Charles Benesteau wissen, wie es um Juliette stand. Er klopfte an die Zimmertür von Madame Chevasse. Sie war gerade dabei aufzuräumen und hatte ihren schwarzen Hut auf.

– Ich wollte sie nicht aufwecken, sie schläft so schön, sagte sie.

– Sie wollten gerade gehen?

– Ich muß mich ja um das Mittagessen kümmern.

– Warten Sie nicht auf mich, ich denke nicht, daß ich vor dem Abend zurück bin.

Charles machte seine übliche Runde und kehrte zum Mittagessen in ein Restaurant in der Rue Racine ein. Um halb zwei nahm er einen Bus, um zum Boulevard de Clichy zu fahren. Obwohl ihm äußerlich nichts anzumerken gewesen war, hatte ihn die Nachricht von Jacques bevorstehender Operation aufgewühlt. Als er sich damals von seiner Frau getrennt hatte, war Jacques bereits ein hübscher Kerl von siebzehn Jahren gewesen. Heute mußte er noch größer sein. Monsieur Benesteau

hatte einigen Grund zu der Annahme, daß er nicht der
Vater des jungen Mannes war. Dieser wiederum hatte
keine Hemmungen, gelegentlich zu verstehen zu geben
– man konnte nicht sagen, woher er darüber unter-
richtet war –, daß er sich diesbezüglich keinerlei Illu-
sionen hingab. Monsieur Benesteau liebte ihn aber
deshalb nicht weniger.

Derselbe Diener wie am Tag zuvor öffnete die Tür.
Sogleich bemerkte Charles Handschuhe, Männerhüte,
Spazierstöcke und eine Aktentasche auf dem Diwan in
der Eingangshalle.

– Es ist Besuch da?

– Ja, Monsieur, ein paar Freunde der gnädigen
Frau.

Charles Benesteau zögerte einen Moment. Die Aus-
sicht, in einer derartigen Situation alte Freunde wiederzusehen, behagte ihm nicht. Vor nicht allzu langer Zeit
hätte er sie noch selbst empfangen. Er hatte indes keine
Zeit, länger darüber nachzudenken. Der Diener hatte
bereits die Tür zum Salon geöffnet.

– Guten Tag, Alberte, sagte er und ging auf sie zu.

Vier Männer, die rauchten und Likör tranken, standen um sie herum. Sie erhoben sich. Durch die geöffneten Fenster konnte man sehen, wie in kräuselnden Be-
wegungen der Rauch entwich. Zutiefst erleichtert
stellte Monsieur Benesteau sogleich fest, daß er keinen
der Herren kannte. Nachdem man sich gegenseitig bekannt gemacht hatte, nahm er inmitten der Gruppe
Platz. Unverzüglich kam das Gespräch wieder in Gang,
als wäre es gar nicht unterbrochen worden. Von Zeit zu
Zeit sah Charles unauffällig auf seine Armbanduhr. Hat-

te Alberte nicht am Tag zuvor gesagt, sie habe um halb
vier ein Rendezvous?

Einer der Besucher erhob sich, dann ein zweiter,
dann noch einer. Doch der letzte, ein dicker Mann, der
unablässig von Anweisungen sprach, die er einem X
oder Y gegeben hatte, und von seiner starken Position
Leuten gegenüber, die selbst Alberte nicht zu kennen
schien, ohne sich dabei weiter um Charles' Anwesenheit
zu kümmern, machte keine Anstalten zu gehen.

Ganz allmählich wurde ihm einiges klar. All diese
Herren waren Albertes Freunde. Sie hatte sie zum Kaffee
geladen, um von ihnen Ratschläge für eine Geldanlage
einzuholen. Seine Ankunft hatte das Gespräch in eine
andere Richtung gelenkt. Aber wie war es nur möglich,
daß sie für diese Versammlung genau die Stunde und
den Tag ausgesucht hatte, an dem sie sich mit ihrem Ex-
Ehemann treffen wollte? Wenn sie es nicht anders hatte
einrichten können, warum hatte sie ihm dann nicht abgesagt? War es aus Selbstherrlichkeit heraus geschehen,
um ihm zu demonstrieren, daß ihre Scheidung die Zahl
ihrer Freunde nur hatte ansteigen lassen? War es, damit
er begriff, daß er ihr nichts mehr bedeutete? Tatsächlich
hatte keiner der Herren dem Namen Charles Benesteaus
eine besondere Aufmerksamkeit zukommen lassen – der
ihnen, auch wenn Alberte ihren Mädchennamen wieder
angenommen hatte, wohl etwas sagen mußte.

Als der letzte Gast gegangen war, stieß Alberte einen
Seufzer der Erleichterung aus.

– Sobald man Leute braucht, ist es immer dasselbe,
sagte sie und legte dabei neuen Puder auf. Man muß sie
ertragen.

– Was brauchst du denn?

– Das kann ich dir jetzt nicht erklären. Das ist zu kompliziert. Und außerdem ist es spät. Wir müssen uns beeilen. Ich mache mich fertig. Rauch unterdessen eine Zigarette.

Alberte erhob sich, läutete, damit man die Aschenbecher ausleerte und das Zimmer ein wenig aufräumte, und ging dann hinaus. Charles schaute auf die Uhr. Drei Uhr. Alberte würde nie im Leben genug Zeit bleiben, in die Rue Piccini zu gehen, es sei denn, sie hätte wegen dieser Besuche hier ihr Rendezvous um halb vier abgesagt. Er stützte sich auf das Fensterbrett. Das Fenster befand sich genau unter den Wipfeln der schütteren Straßenbäume. In der Ferne konnte man Sacré-Cœur erkennen, profillos, wie einen blassen Fleck am Horizont. Je mehr er nachdachte, desto weniger verstand er Alberte. Immerhin war nicht er es gewesen, der wegen eines Wiedersehens geschrieben hatte. Was sollte diese Haltung bedeuten? Sie hatte ihn zu sich gebeten und behandelte ihn nun wie einen lästigen Besucher.

– Fertig, ich bin soweit, sagte sie zehn Minuten später.

– Du weißt, es ist Viertel nach drei!

– Wie bitte? Das ist nicht möglich!

– Bist du um halb vier verabredet?

– Natürlich. Und der arme Jacques erwartet uns.

– Du hast ihm sagen lassen, wir würden kommen?

– Nein, aber er rechnet damit. Na ja, auf einen Tag kommt es bei uns auch nicht an. Komm doch morgen. Ich fahre jetzt zur Madeleine. Ich kann dich irgendwo absetzen. Jedenfalls, laß uns sofort morgen festhalten.

– Hast du dann auch nichts vor? Sag es gleich, denn wenn du etwas vorhast, kann ich Jacques auch ohne dich besuchen.

– Aber Charles, wo ich es doch bin, die dich bittet, das Treffen zu vereinbaren.

Tags darauf, um zwei Uhr, begab sich Charles wie ausgemacht wieder zum Boulevard de Clichy.

– Die gnädige Frau hat nicht zu Hause zu Mittag gegessen, sagte der Diener. Sie rief mich eben an, um Monsieur zu bitten, auf sie zu warten. Sie wird jeden Moment zurückkommen.

Eine Stunde später war sie noch immer nicht da. Charles rief nach dem Diener. Der konnte aber nichts Neues vermelden. Im selben Augenblick läutete das Telefon. Es war Alberte. Sie entschuldigte sich mehrfach. Sie wagte nicht, Charles zu bitten, am folgenden Tag wiederzukommen. Indes – es gab Neuigkeiten. Am Morgen hatte ein Chirurg der Klinik sie aufgesucht. Nach eingehender Untersuchung des Kranken hatte er entschieden, ihn nicht zu operieren. Jacques solle auf der Stelle nach Südfrankreich reisen. Einen Monat auf dem Land wäre besser für ihn als eine Operation. Nur weil es Jacques – Gott sei Dank! – besser ging, mußte man ja nicht aufhören, sich zu treffen. Weshalb sollte man sich nicht in der kommenden Woche wiedersehen? Wüßte man Jacques außer Gefahr, hätte man auch den Kopf freier. Man könnte auf weit interessantere Weise miteinander sprechen.

Monsieur Benesteau fiel auf diese Erklärungen nicht herein. Er begriff. Jacques war gewiß nie in die Klinik eingeliefert worden. Diese Geschichte mit der Operation hatte es nur in Albertes Phantasie gegeben. Aber warum nur? Um die Beziehung zu ihrem Ex-Gatten wiederaufzunehmen, hätte sie nicht zu einem solchen Vorwand greifen müssen. Geschah es aus der schlichten Neugierde, herauszubekommen, was aus Charles geworden war? Dazu hätte ein einfacher Brief auch gereicht. Hatte sie sich etwa vorgestellt, er wäre eine Art Bär geworden, den nur ein schwerwiegender Grund aus seiner Höhle herausholen könnte?

IX

Eine Woche war seit diesem kleinen Ereignis ver-
strichen. Auch wenn Juliette ihre alte Heiterkeit noch
nicht wiedergefunden hatte, so zeigte sie sich doch weniger störrisch. Sie sprach lange mit Monsieur Benesteau. Er stellte ihr allerhand Fragen, interessierte sich für
sie, meinte es gut mir ihr. Sie hatte bereits festgefahrene
Ansichten. Er bemühte sich, dagegen anzugehen, ohne
das kleine Mädchen zu verletzen. Was Madame Chevasse betraf, so wurde es immer komplizierter. Wenn
man ihr so zuhörte, gab es nur wenige Frauen wie sie,
die ihre innersten Qualitäten dermaßen vernachläßigt
hatten – und das aus purer Selbstaufopferung. In Wahrheit hatte sie eine sofortige Belohnung erwartet. Sie
hatte geglaubt, daß noch am Abend desselben Tages, an
dem sie »ihre persönlichen Sachen« herbeigeschafft
hatte, ihre Geste im ganzen Viertel Bewunderung her-
vorrufen würde. Nun, nichts dergleichen war geschehen.
Monsieur Benesteau hatte nicht davon gesprochen, ihr
eine prächtige Existenz zu verschaffen. Und was noch
schwerer wog: Es wurde ihr wiederholt zugetragen, daß

er sich danach erkundigte, was sie verdient hatte, als sie noch einer Beschäftigung nachgegangen war. Er glaubte wohl, ein Dienst dieser Art würde mit dem Lohn eines Zimmermädchens oder einer Köchin veranschlagt! Sie hatte schon bei verschiedenen Gelegenheiten zu verstehen gegeben, daß sie ihr Heim nicht auf unbestimmte Zeit vernachlässigen könne. Sie hatte nun mal ihre Gewohnheiten. Und außerdem würde ihr Sohn bald auf Urlaub kommen. Sie könne beim besten Willen dann nicht länger bleiben.

Eines Nachmittags waren Juliette und Monsieur Benesteau allein.

– Setz dich in mein Büro, Kleines. Du malst, und ich schreibe. Ich gebe dir, was du dazu brauchst.

Charles holte eine Schachtel mit Buntstiften und einen Zeichenblock aus einem Schrank; beides hatte er am selben Morgen gekauft.

– Setz dich an diesen Tisch. Ist es hell genug für dich?

Juliette gab keine Antwort. Monsieur Benesteau spürte, daß das Kind seine Frage nicht verstanden hatte, daß es sich nicht erklären konnte, wie man mitten am Tag so etwas fragen konnte. Er ließ davon ab. Er brachte ein Kissen herbei, damit der Sitz hoch genug war. Während er sich zu schaffen machte, beobachtete er Juliette. Sie stand regungslos an der Tür, und wenn sie sich unbeobachtet wähnte, betrachtete sie neugierig die Bücher, die Gegenstände in diesem Raum, den sie zum ersten Mal betreten hatte. Vor kaum einer Stunde hatte Madame Chevasse ihr die Haare gewaschen. Feuchte Strähnen hingen ihr über die Schläfen.

– Setz dich hin. Hier sind Papier und Stifte, hier ist das Modell, sagte Charles und deutete auf eine Blumenvase. Du brauchst sie nur abzumalen.

Ängstlich kam Juliette näher, setzte sich auf den von Monsieur Benesteau vorbereiteten Stuhl und rührte sich nicht mehr. Charles mußte ihr einen Stift zwischen die Finger stecken und ihre Hand lenken, damit diese einen Strich ausführte.

– Na also, meine Kleine. Warum willst du nicht ein bißchen Spaß haben?

Sie sagte nicht, daß dies so war, weil sie ihre Mutter zu sehen wünschte – wenngleich sie daran dachte – denn, trotz ihres Alters, war sie sehr klug.

Sie zuckte lediglich mit den Achseln, als wollte sie ausdrücken – ein alter Mann hätte es nicht anders gemacht –, daß ihre Antwort, wie immer sie ausfiele, keinerlei Bedeutung habe.

– Du mußt auf andere Gedanken kommen. Du kannst nicht den ganzen Tag mit Nichtstun verbringen.

Diesmal führte sie den Stift über das Papier, jedoch wie eine Blinde, ohne sich über das, was sie tat, klar zu sein, so daß das Blatt schnell mit Gekritzel bedeckt war.

Obwohl Charles sich an den Tisch gesetzt hatte, um zu schreiben, ließ er Juliette nicht aus den Augen. Er verstand nicht, warum sie nicht viel mehr litt. Wenn er das Unglück hätte erleiden müssen, das diesem Kind widerfahren war, wäre er dann nicht verrückt geworden? Zudem hatte Juliette wortlos akzeptiert, bei ihm zu wohnen. Sie weinte nicht. Sie erschien ihm beinahe normal.

– Weißt du, mein Kind, wenn du einmal groß bist

und eine eigene Familie hast, wirst du sehen, wie glücklich du sein wirst. Denn das Leben beginnt in Wahrheit erst später. Im Augenblick bist du nichts anderes als ein kleines Mädchen.

Die Worte schienen nicht bis zu Juliettes Herz zu dringen. Sie kritzelte ein weiteres Blatt Papier voll, und Charles erkannte, daß es genauso schwer sein würde, den Griffel zwischen ihren Fingern herauszuholen, wie ihn zuvor dort hineinzubekommen.

– Willst du vielleicht, daß wir mit Madame Chevasse spazierengehen, wenn sie zurückkommt?

Dieses Mal wandte sie den Kopf.

– Nein.

– Magst du Madame Chevasse nicht?

– Nein.

– Und mich, magst du mich?

– Nein.

– Ich mag dich aber sehr.

Sie schwieg.

Eine Zeitlang starrte sie vor sich hin. Dann kritzelte sie wieder weiter, jedoch langsamer als zuvor. Auf einmal drehte sie sich um, richtete sich auf und sah Charles in die Augen, ganz kurz, für ein paar Sekunden nur. Dann senkte sie den Kopf, ohne ihren Platz zu verlassen – als hätte sie trotz ihres Schmerzes nicht vergessen, daß sie nicht bei sich zu Hause war – und barg ihr Gesicht in den Händen. Sie schluchzte.

– Was ist mit dir, meine Kleine, sagte Charles, während er näher an sie herantrat und vergeblich versuchte, ihr die Hände vom Gesicht zu ziehen.

In diesem Moment betrat Madame Chevasse das

Zimmer. Sie besaß einen eigenen Schlüssel. Charles hatte sie nicht kommen hören.

– Ach, da sind Sie ja wieder, Madame Chevasse!

Sie trug ein Einkaufsnetz, das sie zu ihren Füßen abstellte. Es sackte in sich zusammen. Eine Kartoffel rollte über das Parkett.

– Sie weint ja immer noch, sagte sie, auf Juliette deutend.

– Wieso? Hat sie vorhin schon geweint?

– Sie verbringt ihre Zeit mit Heulen. Können Sie denn das nicht verstehen? Außerdem, ich habe genug davon, hören Sie! Ich kann nicht länger bleiben. Heute abend bin ich Ihnen wohl noch zu Diensten. Mein Sohn ist zu Mittag auf Urlaub gekommen. Auch er hat ein Anrecht darauf, daß man sich um ihn kümmert. Die, die ihre Pflicht tun, haben es nicht so gerne, wenn sie für andere die Zeche bezahlen müssen.

– Ich verstehe nicht, was Sie damit sagen wollen, Madame Chevasse.

– Wenn man auf Urlaub kommt, ist es natürlich, daß man Ansprüche hat. Monsieur Benesteau, ich habe mit Ihnen zu sprechen. Schon lange möchte ich mit Ihnen sprechen.

Madame Chevasse blickte zu Juliette.

– Sie weint ja gar nicht, diese Heuchlerin. Sie belauscht uns. Los, geh auf dein Zimmer und mach die Tür zu.

Als das Kind gegangen war, bat Madame Chevasse darum, sich setzen zu dürfen, und erweckte dabei den Eindruck, als wäre sie seit ihrem Einzug bei Monsieur Benesteau ständig auf den Beinen gewesen.

– Aber bitte sehr, Madame Chevasse.

Sie atmete ein paarmal tief durch und sagte dann:

– Monsieur, Sie verstehen, man darf die Leute auch nicht dazu zwingen, Dinge zu tun, die sie nicht tun wollen.

– Aber Madame, kein Mensch denkt daran.

– Ich spreche nicht von mir; das habe ich im übrigen nie getan. Da können Sie alle fragen, die mich kennen, selbst meine Feinde, jeder wird Ihnen sagen: Wenn es jemanden gibt, der sich für die anderen aufgeopfert hat, der nie sein Leid gegen das der anderen aufgerechnet hat, dann bin ich es. Und ich werde das nicht gerade heute ändern. Ich habe gelebt, wissen Sie. Ich habe gelitten. Ich habe Ihnen ja erzählt, daß mein Mann gleich zu Beginn des Krieges gefallen ist.

– Ja, das sagten Sie.

– Nun, wenn man mich nicht geschätzt hätte, wenn man nicht gewußt hätte, wer ich bin, glauben Sie, daß dann alle Kameraden meines Mannes – der ganze Zug, hören Sie! – Geld zusammengelegt hätte? Das ist kein leeres Gerede, das sind Tatsachen. Jeder mußte etwas beisteuern. Ja! Wer versucht hätte, seinen Obolus nur in Form von Worten zu entrichten, wäre damit wohl kaum durchgekommen! Sie verstehen jetzt, daß ich nicht an mich dachte, als ich Ihnen sagte, man dürfe die Leute nicht zwingen, Dinge zu tun, die sie nicht tun wollen. Ich dachte an die Kleine. Monsieur ist zu gut zu ihr, Monsieur haben ja keine Ahnung. Ich war im übrigen einmal genauso. Wenn man immerzu unter Menschen gelebt hat, die sich gegenseitig respektieren, dann kann man sich nicht vorstellen, daß es Leute gibt, die anders sind. Man denkt, alle seien gut erzogen. Aber das ist leider nicht der Fall. Die Sarrasinis – ich wollte es eigentlich nicht sagen, um ihnen nicht unrecht zu tun – gehören der niedrigsten Kategorie an, die es gibt. Sie müssen bloß die Kleine beobachten. So etwas ist hinterlistig, würde uns vernichten, wenn es nur könnte. So etwas haßt einen, sie hat es mir noch nicht einmal verheimlicht. Ich war immer eine ehrenwerte Person, Monsieur. Und ich werde das nicht ausgerechnet für diese Italiener ändern.

– Sie tun trotzdem nichts Schlechtes, Madame, wenn Sie hier wohnen, um einem Kind Gesellschaft zu leisten. Immerhin, man hat es mit einem Kind zu tun, das können Sie nicht abstreiten.

– Monsieur, ich sehe, Sie kennen dieses Milieu nicht. Das ehrt Sie, und mich ebenso, denn ich kenne dieses Milieu auch nicht besser. Alle schlafen im selben Zimmer. Wie sollen die Kinder da ihre Unschuld bewahren?

Charles erkannte, was in Madame Chevasses Kopf vor sich ging. Ihr Sohn war soeben auf Urlaub gekommen. Es lag ihr daran, bei ihm zu sein. Der Gedanke, eine andere Person könnte ihren Platz einnehmen, war ihr jedoch unangenehm. So versuchte sie Monsieur Benesteau von der Sinnlosigkeit seiner Güte zu überzeugen. Juliette sei im übrigen nicht glücklich. Sie wolle nichts als weg. Daran gewöhnt, geschlagen zu werden, wären ihr Prügel lieber gewesen. Sie sei gar nicht imstande, die Fürsorge, mit der man sie umhegte, anzuerkennen. Victor, ja, der hätte das sicher zu schätzen gewußt. Madame Chevasse war also eifersüchtig auf Juliette. Würde nicht

83

Victor die Anteilnahme Monsieur Benesteaus viel eher verdienen?

– Wenn Sie nicht bleiben können, Madame Chevasse, werde ich jemand bitten, für Sie einzuspringen. Ich kann dieses Kind nicht auf die Straße setzen.

– Sie braucht ja nur zu Hause zu bleiben. Die haben eine Wohnung. Sie kann selber für sich kochen. Daß Monsieur ihr ein paar Münzen gibt, verstehe ich, aber sie bei sich aufnehmen, ernähren, ihr Geschichten erzählen – das ist übertrieben.

– Man kann ein Kind in einem solch tragischen Moment nicht alleinlassen. Die Kleine ist imstande, sich auszuhungern, sich umzubringen …

– Ach! Sieh mal einer an! Sie brauchen doch bloß die Conciergen zu bitten, sich um sie zu kümmern.

– Aber was haben Sie denn nur gegen dieses Kind?

– Gar nichts. Ich sehe nur, was Monsieur für einer ist, das ist alles!

Madame Chevasses Gefühle traten immer offener zutage. Sie litt tatsächlich unter der Anteilnahme, die Charles Juliette entgegenbrachte.

Es läutete.

– Wer kann das denn sein? sagte Madame Chevasse, die nur eine Woche gebraucht hatte, bis sie sich für Madame Benesteau persönlich hielt. Ach, wie zerstreut ich doch bin! Es ist natürlich mein Sohn. Entschuldigen Sie mich …

Sie verschwand. Charles hörte sie flüstern. Was diese Frau zu ihm gesagt hatte, hatte ihn angewidert. Diese Niederträchtigkeit, die Grausamkeit und der Hochmut in einer einzigen Person vereint, das war ungeheuerlich.

Kurz darauf kam sie in Begleitung eines jungen Soldaten zurück.

– Mein Sohn hat mich gesucht. Man hat ihm gesagt, daß ich bei Ihnen bin. Sie werden entschuldigen, Monsieur. Ich hätte die Concierge bitten müssen, ihn nicht heraufzulassen. Warum hast du denn nicht unten auf mich gewartet, Victor?

– Oh, das macht nichts. Ich bin sehr glücklich, Ihren Sohn kennenzulernen, warf Monsieur Benesteau ein.

Er hatte sofort durchschaut, daß an ihrer Erklärung kein wahres Wort war. Offensichtlich hatten Mutter und Sohn sich abgesprochen.

Der junge Chevasse schien sehr von sich eingenommen. Er war von mittlerer Größe, hatte blaue Augen und einen dünnen Lippenbart; die mütterliche Erziehung lastete offenbar schwer auf ihm. Seine Kindheit war von soviel Fürsorge geprägt gewesen, daß selbst die Uniform an ihm aussah wie ein warmer, von seiner Mutter genähter Hausanzug. Er legte es wohl darauf an, die gedankenlosen, unberechenbaren, verschwendungssüchtigen Leute zu kritisieren, und strotzte vor Überzeugung, selbst sparsam und seriös zu sein. Monsieur Benesteau gegenüber war er indessen etwas verunsichert, wie im übrigen seine Mutter auch. Er wußte nicht, was er von diesem Mann halten sollte, der gewissen Indizien zufolge genau eines jener Geschöpfe war, denen aus dem Wege zu gehen man ihm beigebracht hatte, und der andererseits die bessere Gesellschaft derart würdig repräsentierte. Aus diesem Grund hielt er sich zurück.

– Sie sind auf Urlaub?

– Ich bin heute morgen angekommen, um neun

85

Uhr vierzig, erwiderte Victor mit einer Präzision, die er für unumgänglich hielt, wenn er von sich sprach.

– Sie werden sich sicherlich ausruhen wollen.

– Wir, Mama und ich, müssen Freunde, Verwandte besuchen, insbesondere unseren Onkel.

– Gefällt es Ihnen in der Kaserne?

Als ob ein zweites Ich den Soldaten darstellte, und jenes, das nun sprach, weiterhin im zivilen Leben stand, antwortete er mit einem Lächeln, das wohl raffiniert wirken sollte:

– Ich denke, in der Kaserne hat es noch keinem besonders gefallen.

– Sag so etwas nicht, Victor, unterbrach Madame Chevasse, du hast doch nur noch ein Jahr abzuleisten. Und jeder mag dich. Man hat dir sogar vorgeschlagen, Unteroffizier zu werden. Denkst du, jeder kriegt so ein Angebot? Da sollte man sich lieber nicht beklagen. Das überlaß lieber den Querköpfen.

Schließlich zog sich Madame Chevasse zurück, gefolgt von ihrem Sohn, ihre »persönlichen Sachen« mitnehmend. Beim besten Willen, sie konnte nicht länger bleiben.

Sie empfahl Monsieur Benesteau wärmstens, Juliette schnell loszuwerden, so er nicht Ärger bekommen wollte. Sie willigte ein, ihm einen letzten Gefallen zu tun und das Conciergen-Ehepaar, die Serruriers, zu bitten, auf die Kleine aufzupassen.

Beim Weggehen überreichte ihr Charles einen Umschlag. Sie nahm ihn, gab ihn jedoch sofort empört zurück, als wäre ihr gerade klar geworden, was man ihr da zum Geschenk machte.

– Sie täuschen sich, Monsieur Benesteau, sagte sie, als hätte dieser eben versucht, ihre Tugend zu kaufen.

– Sie haben sich sehr viel Mühe gegeben. Das ist das Geringste, was ich tun kann.

– Wir beide haben uns Mühe gegeben, Monsieur Benesteau.

X

Als Charles allein war, dachte er darüber nach, was er nun tun sollte. Wenn sich niemand fand, der bei ihm wohnen wollte, würde er sich von Juliette trennen müssen, um so mehr, als Madame Chevasse in ihrem Verdruß es nicht versäumen würde, ihn zu verleumden. Er mußte auf der Stelle eine gutwillige Frau finden oder aber das Kind in das dunkle Loch, aus dem er es geholt hatte, zurückbringen. Letztendlich entschloß er sich, bei der dicken Madame Bichat um Rat zu fragen. Bevor er die Treppen hinunterstieg, begab er sich in Juliettes Zimmer. Sie saß auf ihrem Bett, mit krummem Rücken, die Hände baumelten zwischen ihren Knien.

– Komm schon, meine kleine Juliette, sitz nicht so da. Madame Chevasse ist gegangen. Sie kommt nicht wieder. Freust du dich nicht darüber?

Sie hob den Kopf und sah Monsieur Benesteau voller Entsetzen an, so als ob sie nun, da Madame Chevasse weg war, schutzlos wäre.

– Möchtest du lieber gehen oder bleiben?

Sie gab keine Antwort.

– Ich frage dich in aller Liebenswürdigkeit. Wenn du gehst, mußt du mir nur sagen, was du brauchst, und ich gebe es dir. Ich will dich nicht gegen deinen Willen hierbehalten, wenn du unglücklich bist. Deshalb frage ich dich.

– Ich will gerne bleiben, murmelte Juliette, ohne daß jedoch die Angst aus ihrem Gesicht verschwand.

– Du mußt vor mir keine Angst haben. Ich werde eine andere Dame bitten, sich um dich zu kümmern, nur wird es dieses Mal eine sein, die du auch magst.

– Mama?

– Ja, bald. Aber zuerst eine andere.

Charles begab sich zu Madame Bichat. Es war Waschtag. Die Loge war voller Dampf, die Scheiben, der Spiegel und die Lampe waren beschlagen.

– Ich wollte Sie fragen, Madame Bichat, was ich mit der Kleinen machen soll. Madame Chevasse hat mir geraten, sie nach Hause zu bringen.

– Ha! Das wundert mich nicht. Diese Giftschlange! Monsieur Benesteau, tun Sie, was Ihnen Ihr Gewissen befiehlt.

– Ich behalte die Kleine, bis ihre Mutter zurückkommt. Ich kann nicht anders. Im übrigen ist es das Geringste, was ich tun kann.

– Monsieur, Sie haben recht.

Würde Monsieur Benesteau, wenn er Juliette nicht mehr beherbergte, wohl wieder zu dem werden, der er früher gewesen war – zu einem höflichen und unnahbaren Mieter?

– Allerdings – Sie verstehen – ich kann nicht ganz allein auf sie aufpassen, Madame Bichat.

– Wollen Sie, daß ich die Schwestern Grillot frage, die beiden Wäscherinnen? Kennen Sie die? Das sind zwei Frauen mittleren Alters, sehr anständig, das Herz am rechten Fleck. Eine von ihnen ist immer frei. Wenn sie abends ausgehen will, ist die andere da. Es sei denn, Sie nehmen sich ganz einfach eine Haushälterin, die damit einverstanden ist, bei Ihnen zu schlafen.

Es war der letztgenannte Vorschlag, für den sich Charles Benesteau entschied.

»Etwas erstaunt mich«, schrieb er tags darauf, während Juliette gerade Madame Bichat einen Besuch abstattete, »und das ist die Tatsache, daß ich fünfzig Jahre alt werden konnte, ohne mir all der Vorteile, die ich hatte, bewußt zu werden. Wenn ich die vielen Menschen sehe, die leiden, all das Unglück, das auf sie niedergeht, all die Schwierigkeiten, mit denen sie fertig werden, die sie überwinden müssen, um alt zu werden, und wenn ich dann an mein Leben denke, bin ich bestürzt. Es ist, als ob eine unsichtbare Hand mir alles verbergen wollte, was mich hätte traurig machen können. Ich will damit nicht sagen, daß ich wie in einem Traum gelebt hätte. Auch ich habe große Schmerzen erfahren. Aber das waren, wenn ich so sagen darf, voraussehbare Schmerzen, auf die ich seit meiner Jugend vorbereitet war – etwa der Tod meines Vaters. Es bereitete mir großen Kummer. Wir versammelten uns in aller Würde, meine Brüder und ich. Freunde kamen. Alles ging vor sich wie im Theater. Es war jemand da, immer war jemand hinter den Kulissen, der darauf achtete, daß die unvermeidlichen Unglücksfälle sofort zu Vergangenheit wurden.«

91

Charles legte seinen Federhalter aus der Hand und begab sich in das Nachbarzimmer. Eugénie, die Putzfrau, welche Madame Bichat in der Impasse des Ronces ausfindig gemacht hatte, saß auf einem Stuhl, in der Haltung einer Person, die ihre Arbeit zwar beendet hat, aber vor einem bestimmten Zeitpunkt nicht gehen darf. Sie war eine Frau ohne Alter, ohne jede Attraktivität, der man anmerkte, daß es ihre größte Sorge war, einen ordentlichen Eindruck zu machen. Sie trug ein sauberes Wams. Ihre Strümpfe waren sauber, ihre Hände ebenfalls. Dennoch war sie widerlich. Sie war widerlich, weil sie keine Zähne mehr hatte, weil sie nie bei irgend jemandem das geringste Gefühl – und dabei sprechen wir nicht von Liebe – zu erwecken vermocht hatte.

– Nun, Eugénie, was treiben Sie?

Sie erhob sich, überrascht und beunruhigt.

– Ich warte darauf, daß Monsieur mir Anweisungen gibt.

– Haben Sie etwas für das Abendessen eingekauft?

– Monsieur haben mir nichts gesagt. Ich wußte nicht, was ich machen sollte.

– Und Juliette, wo ist die?

– Die wird wohl bei der Concierge sein.

– Ich gehe hinunter. Bleiben Sie nur sitzen, Eugénie. Ich bringe Eier, Brot und Milch mit.

Charles stieg langsam die Treppe hinunter. Er dachte an seine Brüder, seine Frau, seine Freunde, an alle, die er verlassen hatte. Waren sie für die Äußerlichkeiten, denen sie soviel Wert beimaßen, nicht zu fortgesetzter Anstrengung genötigt, welche ihnen aber gerade die Poesie des Lebens vorenthielt?

– Sie sind allein, Madame Bichat? Ist denn Juliette nicht bei Ihnen?

– Ha! Sie kennen sie nicht, die Kleine! Sie ist weggegangen, ohne mir etwas zu sagen. Sie saß da, auf dem Koffer, stumm, so wie Sie sie kennen. Plötzlich rief sie »Ich gehe« und verschwand. Bestimmt trifft sie sich mit dem Sohn der Chevasse, am Bretterzaun bei der Eisenbahn. Man erzählte mir, sie hätten sich immer vom Fenster aus Zeichen gegeben. Wenn das die Mutter erfährt, gibt es Ärger. Ihr Victor, wissen Sie, ist ihr Leben.

Um zehn Uhr war Juliette noch immer nicht zurück. Eugénie war auf ihrem Stuhl eingenickt. Charles bemerkte dies von seinem Arbeitszimmer aus. Nach und nach war es ihm gelungen, sich von seinem Drang nach Unabhängigkeit freizumachen und die Türen einen Spaltbreit offenzulassen. Im Zustand der Wachheit hatte sie ja noch eine gewisse Ausstrahlung; auf dem Stuhl eingeschlafen, mit ihrem Kopf, der so leicht war, daß der Körper in aufrechter Haltung blieb, war sie nicht mehr als ein kleines Skelett.

– Eugénie, murmelte Charles.

Sie rührte sich nicht. Er erhob sich, öffnete die Wohnungstür, leise, um die Putzfrau nicht zu wecken, und ging zur Concierge hinunter.

– Sie sollten einmal nachsehen, ob Juliette nicht ganz einfach zu sich nach Hause gegangen ist, sagte Madame Bichat. Im Grunde können Sie sie nicht daran hindern.

Charles lächelte. Es war ein wunderschöner Abend. Die Nacht brach an, und der schwindende Tag erhellte noch einen Teil des Himmels. Monsieur Benesteau zögerte, in den dunklen Flur zu treten, an dessen Ende eine Laterne hing. Musik war zu hören. Der Arbeiter vom gegenüberliegenden Haus rauchte seine Pfeife und spuckte von Zeit zu Zeit von der vierten Etage aus auf den Bürgersteig. Charles entfernte sich. Juliette war schließlich frei.

Wie jeden Abend ging er zur Gare Montparnasse. Er dachte zurück an die letzten Jahre, die er auf dem Boulevard de Clichy verbracht hatte. Wie hatte er nur seine Familie aufgeben können, seine Freunde, alles, bis hin zu seinen Briefen, bis hin zu seinen Jugendgedichten?

XI

Es war Mitternacht, als er in die Rue de Vanves zurückkehrte. Er läutete. Während er sonst gewöhnlich beinahe eine Viertelstunde warten mußte, bis man ihm öffnete, ließ Madame Bichat dieses Mal die Eingangstür sofort aufspringen. Die Conciergenloge war hell erleuchtet, die Tür stand offen. Er hatte kaum ein paar Schritte in den Flur getan, als die Concierge nach ihm rief.

– Ich habe auf Sie gewartet, sagte sie mit schrillem Ton. Die Kleine ist nicht nach Hause gekommen, und der Sohn von Madame Chevasse auch nicht. Die arme Frau will Sie unbedingt sehen. Sie meint, Sie wüßten, wo sie stecken. Vor kaum zehn Minuten ist sie gegangen. Sie mußte ihre Conciergen aufwecken. Sehen Sie doch mal nach, ob sie bei ihnen ist.

Charles fügte sich. Madame Chevasse befand sich tatsächlich beim Ehepaar Serrurier. Monsieur Serrurier lag schon im Bett, doch damit er dem Gespräch folgen konnte, hatte man den Vorhang des Alkovens offengelassen. Man konnte den Alten sehen, wie er in seinem Bett saß, gegen mehrere Kopfkissen gelehnt, den Hals mit einem Tuch umwickelt. Als Madame Chevasse Charles erblickte, rief sie aus:

– Ah, da sind Sie ja! Es war auch nötig, daß Sie kommen! Ihre Stimme zitterte. Sie sehen ja, was passiert ist. Daran sind Sie schuld. Dieses Mädchen ist schamlos. Alle Welt wird erfahren, warum ich nicht bleiben konnte. Es ist eine Schande. Ein Mann wie Sie, der sich für wohlerzogen hält und sich so benimmt ... Es ist immer dasselbe. Nicht diese Leute haben die Konsequenzen zu tragen; es sind die Unschuldigen, die rechtschaffenen kleinen Leute, wie mein Victor. Wo ist er, mein Victor? Die Wahrheit wird schon ans Licht kommen, hören Sie!

Madame Chevasse war außer sich. Sie schrie herum, und der alte Concierge machte ihr vom Bett aus Zeichen, sich zu beruhigen. Das war freilich verlorene Liebesmüh. Ihr war zugetragen worden, man hätte ihren Sohn in der Rue de la Gaieté gesehen, wie er mit Juliette Crêpes aß. Sie hätte besser aufpassen, ihn warnen müssen, denn wie konnte er ahnen, daß Juliette, über die man mit so viel Sorgfalt wachte, ein Flittchen war. Dieser Charles Benesteau würde nun doch wohl die Leute nicht glauben machen wollen, daß er die Kleine aus Barmherzigkeit bei sich aufgenommen hatte. Abgesehen davon waren ihr, Madame Chevasse, einige Dinge aufgefallen. Hatte man nicht mitunter versucht, sie loszuwerden? War Charles nicht ausgewichen, als sie ihm geraten hatte, sich Juliette vom Halse zu schaffen? Er war verliebt, das lag doch auf der Hand. Und die Kleine nutzte das aus, indem sie tat, als würde sie leiden. Aber sie hatte den Teufel im Leib. Mit einem hübschen Jungen wie Victor amüsierte sie sich doch viel mehr.

– Ich verstehe nicht, was Sie mir vorwerfen, antwortete Charles, um irgend etwas zu sagen.

Er war mit seinen Gedanken woanders. Er dachte über die lächerliche Situation nach, in der er sich befand, an die Verbitterung, die ihn erfüllen müßte, nähme er diese Geschichten ernst. Nun hatte er die Quittung bekommen. Dabei hatte er nur das Beste für Juliette gewünscht, hatte alles getan, um sie zu retten. Er war gescheitert. Und der Grund war ganz einfach, daß er es nicht verdient hatte, daß ihm etwas gelänge, daß er nicht würdig war, seinesgleichen zu retten. Will man wirklich etwas Gutes tun, muß man sich anstrengen. Nichts ist trügerischer als die gute Absicht, die einem vorgaukelt, bereits das Gute zu sein. In dieser Loge, unter dem starren Blick des alten Conciergen, angesichts der aufgebrachten Madame Chevasse, hatte sich ihm diese Wahrheit soeben offenbart.

– Wenn meinem Sohn etwas geschieht, Monsieur, dann bekommen Sie es mit mir zu tun. Ich bin nur eine einfache Frau, aber wenn man dem, was mir das Liebste und Teuerste auf der Welt ist, meinem Victor, zu nahe kommt, dann garantiere ich für nichts.

Madame Chevasse hatte kaum fertiggesprochen, da hörte man vom Gang her eine Stimme. Wie eine Verrückte riß sie die Tür auf, während Monsieur Serrurier mühselig seine Decke wegschob, um aus dem Bett zu steigen. Gleich darauf vernahm Charles Schreie. Er ging nun ebenfalls hinaus und erkannte Juliette und den Soldaten im Schein der Laterne.

Madame Chevasse hielt die Kleine an einer Hand. Mit der anderen versuchte sie, ihr das Gesicht freizumachen, um sie zu ohrfeigen, während Victor sich verschämt zwischen der Mauer und seiner Mutter davonschleichen wollte.

– Ich bringe die Kleine unverzüglich auf die Polizei. Da kann sie ihrem Vater Gesellschaft leisten. Das liegt dieser Familie wohl im Blut. Die Mutter eine Prostituierte, der Vater ein Mörder.

In diesem Moment trat Charles dazwischen.

– Hören Sie, Madame Chevasse. Was haben Sie denn bloß gegen die Kleine? Sie haben nicht das Recht, sie so zu behandeln. Wenn in dieser Angelegenheit jemand etwas zu verlieren hat, dann ist sie es.

Diese Worte verstärkten den Zorn von Madame Chevasse. Wiederholt versuchte sie, auf das Mädchen einzuschlagen. Plötzlich gelang es Juliette, sich loszureißen. Bevor jemand sie aufhalten konnte, rannte sie Hals über Kopf davon und warf die Eingangstür, die bis jetzt offen gewesen war, hinter sich zu.

– Juliette, Juliette, rief Monsieur Benesteau.

Er rannte auf die Straße. Sie war menschenleer.

– Schämen Sie sich nicht, das Kind so grob angefaßt zu haben?

– Ich bedaure, es nicht viel früher getan zu haben.

Mit diesen Worten wandte Madame Chevasse Monsieur Benesteau den Rücken zu.

– Was hast du nur angestellt, Victor? fragte sie mit unerwarteter Milde.

– Nichts, Mama.

– Hast du auf dieses Flittchen gehört?

– Aber nein, Mama.

– Sie wollte dich nicht mitnehmen?

Madame Chevasse wartete die Antwort ihres Sohnes nicht ab. Sie nahm ihn bei den Schultern und drückte ihn an sich.

– Du bist wieder da, mehr verlange ich gar nicht.

Charles hatte diesem kurzen Dialog nicht zugehört. Er war wieder hinausgegangen. Von neuem inspizierte er die Straße. Er erinnerte sich, daß von einem gewissen Bretterzaun entlang der Eisenbahngleise die Rede gewesen war. Er ging die Rue du Château hinunter bis zur Eisenbahnbrücke. Womöglich irrte Juliette in dieser Gegend herum. Wo würde sie schlafen? Was würde nur aus ihr werden? Diese Madame Chevasse war wahrhaftig eine widerwärtige Person. Wie konnte man nur so wenig Herz haben? Wie konnte man nur so gegen ein schutzloses dreizehnjähriges Mädchen vorgehen, ein solch harmloses Wesen, selbst wenn man einräumte, daß es verdorben war? Eine derartige Starrköpfigkeit konnte nur mit Bosheit, mit außergewöhnlicher Bosheit erklärt werden. Wie verlassen die Rue de Vanves und die Rue du Château waren! Charles blieb auf der Brücke stehen. Ab und zu hüllte ihn der Dampf einer Lokomotive ein. Wo war Juliette? In welch ekligem Bett würde sie morgen aufwachen? Welches Ende würde es mit ihr nehmen? Sie würde von Hand zu Hand weitergereicht werden, bis zu jenem Tag, da man merkte, daß sie noch minderjährig war. Dann würde man sie ins Gefängnis stecken. Wieder entlassen, würde sie von vorne beginnen. Sie würde krank werden. Sie würde nichts dagegen unternehmen und mit dreißig Jahren sterben. Es gab also Menschen, deren Schicksal so leicht vorauszusehen war? Bis jetzt hatte er das nicht für möglich gehalten.

XII

Einige Tage waren vergangen, als Monsieur Benesteau eines Morgens unter der Tür einen Brief seines jüngeren Bruders vorfand. »Mein alter Charles«, schrieb Marc, »ich würde dich gerne sehen. Komm ins Geschäft, egal an welchem Tag, zwischen elf und zwölf Uhr. Wenn ich nicht durch einen besonderen Grund verhindert bin, triffst du mich dort sicher an. Mit herzlichem Gruß.«

Noch am selben Tag begab sich Charles in die Rue de Helder. Er tat dies sogar mit einer gewissen Freude, hatte ihn doch Juliettes Verschwinden sehr bekümmert. Wo sie gegenwärtig wohl war? Er wußte nichts von Verwandten, von Freunden. Was die Nachbarn betraf, so zeigten sie ihm nach dieser Geschichte die kalte Schulter – man konnte nicht sagen, warum. Mit einem Mal hatte ihn niemand mehr angesprochen. Man schien ihn für die Ursache des Unglücks dieses Kindes zu halten.

Das »Pariser Büro« der alten Firma Théo Benesteau befand sich in der ersten Etage eines unscheinbaren Mietshauses. Zu der Zeit, als Charles noch mit seiner Familie zusammenlebte, war er nur selten in die Rue du

Helder gekommen. Diese Tür, die beim Öffnen ein Klingeln auslöste, die vergitterten Schalter, die eingesperrten Angestellten, an denen man selbst frei vorbeigehen konnte – all das hatte in ihm stets einen unangenehmen Eindruck hinterlassen. Er ging hinein. Der Hausmeister war neu. Er wußte nicht, daß der Besucher Marcs Bruder war. Er führte ihn in einen Warteraum, in dem sich nichts außer sechs alten Ledersesseln befand.

– Entschuldige, wenn ich dich habe warten lassen, sagte Marc eine Viertelstunde später, aber so ist es immer – es reicht schon, daß man sagt, man sei alle Tage zu einer bestimmten Zeit frei, schon ist man es nicht mehr. Heute morgen natürlich – peng! – kommt was dazwischen. Tritt ein.

Bei den letzten Worten, die in einem ganz anderen Ton gesprochen waren als die vorherigen, hielt Marc mit dem Fuß die erste Tür zu seinem Büro offen, während er die zweite, die gepolsterte, öffnete; er tat dies sehr geschickt, so sehr war er an diese kleine Übung gewöhnt. Als er in den Raum trat, konnte Charles seine Überraschung nicht verbergen. Das Zimmer hatte nichts mehr gemein mit dem strengen und verstaubten Arbeitszimmer des Vaters. Wenn in den Büros und in der Halle sich nichts verändert hatte, wenn Wandverkleidungen und Goldverzierungen belassen worden waren, um die alte Kundschaft – »die solide Basis«, wie Marc sagte – nicht zu schockieren, so war dafür das Büro des Direktors umgestaltet worden. Mit seinem neuen Anstrich, befreit von Aktenschränken und altem Papierkram, mit seinem wenigen, aber teuren Mobiliar, verblüffte dieses Zimmer in dem alten Haus. An den Wänden hingen einige moderne Gemälde von Malern, die in Marcs Kreisen als Genies angesehen wurden, und auf dem Kamin – wie Charles sogleich bemerkte –, stand die Terrakottafigur, die er nicht hatte mitnehmen wollen.

– Du erkennst sie wieder, meinte Marc lachend. Also, ich sage dir gleich, daß sie immer noch dir gehört. Ich habe deine Frau, pardon, deine Ex-Frau, gebeten, sie mir zu überlassen, weil ich dachte, daß sie sich hier drin sehr gut macht. In der Tat, das wirkt, nicht wahr? Ein einzelner, aber vollkommener Gegenstand auf dem Kamin. Das hat Klasse. Im übrigen habe ich mich, wie du sehen kannst, dieser Regel unterworfen, trotz der Proteste von allen Seiten. Verstehst du, ich will mich gern um alles kümmern, mir die undankbarsten Aufgaben aufbürden – Voraussetzung ist, man gehorcht mir. Du weißt ja, was passiert, wenn alle herumkommandieren wollen. Wenn sie kommandieren wollen, brauchen sie es bloß zu tun. Mir ist das egal. Sie sollen mir nur vorher Bescheid sagen. Das ist alles, was ich verlange.

Charles hörte seinem Bruder zerstreut zu. Er fragte sich, was diese freundliche Aufnahme zu bedeuten hatte. Was verbarg sich dahinter? Warum wurde er empfangen, als hätte sich seit einem Jahr nichts ereignet, als wohnte er immer noch auf dem Boulevard de Clichy? Fürchtete man, er könnte mit irgendeiner Bitte kommen? Hatte man bei einem Familienrat beschlossen, sich Charles Launen zu beugen und den Kontakt neu zu knüpfen, wobei man sich freilich gleichzeitig davor hütete, diesen neuen Beziehungen zuviel Intimität angedeihen zu lassen? War nicht ein Bugeaud-Sohn Sänger in einer ›music hall‹ geworden? Nur die vornehmen Familien können es sich leisten, einen Verwandten zu haben, der in der öffentlichen Meinung gesunken war.

– Das ist noch nicht alles, fuhr Marc fort. Ich habe dich gebeten zu kommen, weil ich mit dir reden muß. Du weißt ja, daß ich sehr oft mit Alberte zusammenkomme – sie ist ein absolut hinreißende Frau. Jedem sage ich das. Ich bin verheiratet. Ich liebe Dédé. Man kann mich also nicht verdächtigen, ihr den Hof zu machen. Also gut, Alberte ist, vom freundschaftlichen Standpunkt aus betrachtet, eine perfekte Frau – klar, geradlinig, von gesundem Menschenverstand. Im Grunde weiß ich gar nicht, warum ich dir von ihren Qualitäten erzähle, du kennst sie ja besser als ich. Ich wollte dir sagen, daß ich sie gestern gesehen habe. Wir aßen zusammen zu Abend, selbstverständlich war Dédé dabei. Wir haben auch ein wenig getrunken, du weißt ja, wie das geht, man spricht über die Leute, die man so kennt. Und so kam es, daß auf einmal die Rede von dir war. Tja, ich war wirklich erstaunt, zu sehen, was Alberte nach wie vor für dich empfindet. Ich versichere dir, ich brauchte ihr gar nicht zu erklären, was sich in deinem Kopf abspielte – sie wußte es. Du solltest aber trotzdem ab und zu mal bei ihr vorbeischauen. Ihr seid weiterhin gute Freunde. Es gibt keinen Grund, daß du die Beziehung komplett abbrichst.

– Ich sah sie vor etwa vierzehn Tagen.

– Das sagte sie mir. Sie glaubte, du würdest wieder zurückkommen. Sie beklagte sich über deine Gleichgültigkeit. Sie hoffte, daß, wäre die alte Beziehung erst wieder aufgenommen, du sie gelegentlich anrufen würdest, daß du zum Beispiel zum Essen kämst.

In diesem Augenblick wurde an die Tür geklopft.

– Herein, sagte Marc.

Ein Angestellter erschien.

– Was wollen Sie, Paul?

– Verzeihen Sie, Monsieur, ich dachte, Sie wären allein.

– Nur zu, Sie können offen reden, wenn mein Bruder da ist.

– Ich komme wegen Crépin.

– Also nein, diese Geschichte ist abgehakt. Sie wollen doch wohl nicht wieder von vorne anfangen. Zu meiner Entscheidung von eben habe ich nichts hinzuzufügen.

– Crépin hat mich beauftragt, Sie um Verzeihung zu bitten. Er ist Vater von vier Kindern. Seine Frau ist krank. Abends, wenn er nach Hause kommt, muß er die Wohnung aufräumen und kochen.

– Der Versuch, mich umzustimmen, ist überflüssig, ich sagte Ihnen, meine Entscheidung steht fest.

– Crépin wird nicht wieder anfangen, Monsieur. Ich bürge dafür. Wenn Sie wüßten, in was für einem Zustand er ist, Sie hätten Mitleid mit ihm.

– Ich kann nichts tun. Ich finde sogar, daß er recht dreist ist. Nur weil ich keine Anzeige erstatte, darf er nicht glauben, ihm sei alles erlaubt.

– Was ist denn vorgefallen? wollte Charles Benesteau wissen.

– Einer meiner Angestellten, ein gewisser Crépin, hat dreihundert Francs eingesteckt, die der Kassierer auf einem Tisch liegengelassen hatte. Er wurde genau in dem Moment überrascht, als er sie in seiner Tasche verschwinden lassen wollte. Er gestand, daß er dies schon mehrere Male getan hatte, daß er aber das, was er genommen hatte, auch zurückgegeben habe – und all dies, weil er bei Pferderennen wettet. Wie soll man einen solchen Angestellten behalten? Er fängt immer wieder von vorne an, und eines Tages kann er kein Geld mehr zurückgeben. Um das eine Loch zu schließen, muß er ein anderes, noch größeres aufreißen. Behält man einen solchen Angestellten, tut man ihm damit keinen Gefallen. Im übrigen geht es momentan ohnehin nicht. Jeder kennt die Geschichte. Bliebe er, würde das gesamte Personal kündigen. Man muß schon völlig verrückt sein, um das nicht zu verstehen.

Während er sprach, wurde Marc immer wütender.

– Schick ihn her, diesen Crépin, sagte er zu dem Angestellten, ich werde ihn fragen, ob er sich nicht von mir in die Irrenanstalt Sainte-Anne überführen lassen will!

Kurze Zeit darauf kam der Angestellte mit Crépin zurück. Dieser, ein rotgesichtiger Mann von etwa fünfundvierzig Jahren, war klein, hatte jedoch einen breiten Brustkorb, der in einer verschlissenen, engen Jacke steckte, und trug Schuhe mit hohen Absätzen. Er heuchelte Bedauern, was man ihm ebensowenig abnahm wie einem lebhaften Kind. Man konnte sich diesen vor Energie strotzenden Mann nur schwer vorstellen, wie er, inmitten von vier Kindern und einer kranken Frau, den Hausputz erledigte und das Essen machte. Diese ganze Geschichte hatte den Anstrich einer Komödie. Dennoch tat Marc, als ahnte er nichts.

– Ah, da sind Sie ja! Ich ließ Sie kommen, damit ich Sie mal sehe. Sind Sie noch ganz bei Trost? Das frage

106

ich mich. Sie sehen nicht so aus, als wären Sie sich der Schwere Ihrer Taten bewußt. Ich entlasse Sie, und das scheint Ihnen nicht zu passen. Dabei sollten Sie mir danken. Ich hätte Sie auf der Stelle verhaften lassen können. Verschwinden Sie!

– Ich bin jetzt fünf Jahre hier, Monsieur. Nie hat auch nur ein Centime gefehlt. Ich habe immer alles, was ich genommen habe, zurückgegeben, so wie ich mein Gehalt bekam.

– Dann hätten Sie sich eben nicht erwischen lassen dürfen. Sie sollten das nicht auch noch betonen. Wie wollen Sie das denn Ihren Kollegen erklären? Verschwinden Sie. Ich will nicht weiter diskutieren. Das ist ja lächerlich.

Schließlich latschte er davon, gefolgt von dem anderen Angestellten. Kurz darauf verließ auch Charles seinen Bruder. Doch bevor er auf die Straße trat, neigte er sich zum Ohr des Hausmeisters und fragte:

– Wo wohnt dieser Crépin?

Eine Minute später fand er sich in der Rue du Helder wieder. »Rue des Récollets Nr. 11«, wiederholte er von Zeit zu Zeit, um diese Adresse nicht zu vergessen.

XIII

Wie er es seit Juliettes Flucht immer tat, klopfte er an die Logentür und erkundigte sich, ob es etwas Neues gäbe, hoffend, das Kind wäre während seiner Abwesenheit zurückgekehrt. Je mehr Zeit verstrich, umso beunruhigter war er. Wo war Juliette? Er machte sich Vorwürfe, daß er es nicht verstanden hatte, ihr Vertrauen einzuflößen, und auch, daß er Madame Chevasse herbeigerufen hatte. Schwerfällig stieg er die vier Etagen hoch. Als er die Tür öffnete, erinnerte er sich plötzlich daran, daß Eugénie immer noch bei ihm wohnte. Sie war so glücklich gewesen, daß er es nicht gewagt hatte, sie fortzuschicken. Sie schlief im hinteren Zimmer, und tagsüber verließ sie die Küche nicht. Sie saß dort auf einem Schemel und rührte keinen Finger. Die drei Räume der Wohnung erschienen ihr wie ein Palast. Es war in der Tat kein Vergleich zu der Bruchbude, die sie mit einer anderen Frau in einer benachbarten Gasse teilte.

– Nun, Eugénie, was treiben Sie?

– Ich habe gewartet, sagte sie, wobei sie sich erhob und sich die Hände an ihrer Schürze abwischte, denn, obwohl sie vorgab, in den besten Häusern gearbeitet zu haben, hatte sie doch niemals serviert. Wahrscheinlich war das der Grund, daß es immer ihre erste Regung war, eine saubere Hand hinzuhalten.

– Sie sind nicht gezwungen, den ganzen Tag in der Küche zu bleiben, Eugénie. Sie dürfen in die beiden hinteren Räume gehen. Ich sage nicht, Sie sollen in mein Zimmer gehen, weil da Papiere und andere Dinge liegen, die sie aus Versehen in Unordnung bringen könnten. Aber wenn Sie nichts anfassen, dürfen Sie von mir aus auch dort hineingehen. Und abgesehen davon müssen Sie mal vor die Tür gehen. Haben Sie keine Angst. Man läßt Sie schon wieder herein.

Wie ihr Brotherr es geahnt hatte, traute sich die arme Frau nicht, außer Haus zu gehen, aus Angst, bei der Rückkehr vor der verschlossenen Tür zu stehen.

– Danke, Monsieur, danke. Sie sind zu gütig. Ich habe noch nie jemanden getroffen wie Sie. Soll ich irgendwas jetzt gleich machen? Sie müssen mir Anordnungen geben, das ist wohl selbstverständlich.

– Nun denn, Eugénie, dann machen Sie mir eben eine Tasse Tee.

Charles setzte sich an seinen Arbeitstisch. Zum Schreiben hatte er keine Lust. Er war niedergeschlagen, als wäre dieser Augusttag ein Tag im Frühling gewesen. Als er in die Rue de Vanves gezogen war, hatte er das Gefühl gehabt, er könnte sich keine Minute langweilen, er würde sich für alles interessieren, sich bei seinen Nachbarn informieren, als wäre er eine Ameise in einem Ameisenhaufen und jedem sympathisch. Doch an diesem Tag, als er aus der Rue du Helder zurückkehrte,

hatte er das Gefühl, alles um ihn herum wäre grau, nirgends gäbe es Freude und, was noch schlimmer war, er
hätte sich selbst nicht geändert. Der Mut, den er da-
durch unter Beweis gestellt zu haben glaubte, daß er mit
seiner Vergangenheit brach, schien ihm in diesem Augenblick vergeblich gewesen zu sein. Hatte Marc nicht
mit ihm gesprochen wie immer? Weigerten sich Madame Bichat und all diese Leute nicht, ihn als einen der
ihren anzusehen?

– Eugénie! rief er.

Die alte Frau tauchte auf, in der Hand einen Koch-
topf, in den sie den Tee getan hatte.

– Setzen Sie sich, Eugénie. Bleiben Sie einen Augenblick bei mir.

Sie gehorchte, ohne jedoch zu verstehen. Charles
blickte sie an wie man eine Wohltäterin anblickte. Ihm
war zum Heulen zumute. Zum ersten Mal seit er den
Boulevard de Clichy verlassen hatte, fühlte er sich unglücklich, so unglücklich, wie er es gewesen war, als
Théo Benesteau noch lebte. Das Fenster stand offen. Er
betrachtete den bedeckten Himmel mit seinem silbrigen
Schimmer, die kleinen Mücken, die Vögel, die unaufhörlich vor seinen Augen umherschwirrten. Er wandte
den Kopf erneut Eugénie zu. Es gab kein armseligeres
Los als das dieser Frau.

– Ich möchte, daß es Ihnen hier gefällt, sagte er.

– Es gefällt mir sehr, erwiderte sie.

Wie konnte es sein, daß diese sechzigjährige Frau,
deren Nase von Geburt an schief war, deren winzige
Wangen so hohl waren, wie konnte es sein, daß diese
Frau eine solche Haltung und die Erscheinung eines

kleines Mädchen bewahrt hatte? Als sie, unbewußt affektiert, geantwortet hatte: »Es gefällt mir sehr«, da hatte Charles einen Augenblick lang das unschuldige Kind erkannt, das dieses menschliche Wrack einst gewesen war.

Gegen Abend faßte sich Charles wieder. Er schrieb zwei Seiten Erinnerungen an seine Gymnasialzeit und lehnte sich dann bequem mit dem Oberkörper auf die Fensterbank. Sich nach vorne beugend sah er die Passanten, die Markisen, die Automobile. »Ich werde vor dem Abendessen noch eine Runde drehen«, dachte er bei sich. Wie überrascht war er, als er zwei Stunden später zurückkam und vor dem angrenzenden Haus, also jenem, in dem Madame Chevasse wohnte, eine Menschenansammlung sah. »Vielleicht ist Juliette wieder da«, sagte er sich. Er bahnte sich einen Weg zur Tür. Auch der Hausflur war voller Menschen. Trotz aller Anstrengung gelang es ihm nicht, auch nur einen Schritt voranzukommen. Er erkundigte sich bei den Herumstehenden. Einige wußten zu berichten, daß man die Leiche einer alten, in ihrem Bett an Rauchgas erstickten Frau gefunden habe. Anderen zufolge war ein zweijähriges Kind aus der fünften Etage in den Hof gefallen. Sein Vater habe es in einem Arm gehalten, das kleine Kind habe um sich geschlagen und sei rückwärts über das Geländer gefallen. Wieder andere meinten, es habe ganz einfach ein Feuer gegeben.

Charles Benesteau ging in seine Wohnung. In dem Moment, da er die Türe öffnete, kam Eugénie auf ihn zu.

– Sie ist da, sagte sie, zum hinteren Zimmer deutend.

– Juliette?

– Ja, ja, ja.

Charles ging unverzüglich in das Zimmer. Juliette saß auf dem Bett. Ihr sauberes, zerknittertes Kleid sah aus, als sei es in einem Fluß gewaschen worden.

– Wo warst du?

– Bei einer Freundin.

Charles konnte nicht in Ruhe weiterfragen. Madame Bichat kam, um sich nach Neuigkeiten zu erkundigen. Sie hatte Juliette hinaufgehen sehen, nicht aber ihren Mieter.

– Sehen Sie, es war völlig unnötig, sich Sorgen zu machen, sagte sie. Ich wußte genau, daß sie zurückkommen würde. Wenn Sie bedenken, wie sie sich zierte, als ihre Eltern da waren, und dann verschwand sie gleich für mehrere Tage. Sie kommt aus dem Midi, was soll man da machen? Die Leute da unten sind eben von einem anderen Schlag als unsereins.

Am Abend war es Charles Benesteau selbst, der das Bett für das Kind herrichtete. Dann zog er sich in sein Zimmer zurück, löschte das Licht und legte sich hin, ohne jedoch Schlaf zu finden.

XIV

Als ihr Sohn Victor wieder abgereist war, hatte Madame Chevasse alle Zeit der Welt, sich mit Charles, der kleinen Juliette und mit Eugénie zu beschäftigen. Sie wurde das Herzstück der Kabale, die sich gegen das seltsame Trio bildete. Dieser Herr, den jedermann für so korrekt gehalten hatte, auf dessen Gruß man beim Vorbeigehen gelauert hatte, zu dem man gegangen war, wenn man eine Auskunft brauchte, dessen Beachtung einen ehrte, derselbe Mann hatte die Tochter eines Mörders bei sich aufgenommen, die Tochter dieses zänkischen Trinkerehepaares, das man im ganzen Viertel haßte. Freilich, Charles hatte auf Empfehlung von Madame Bichat Eugénie gebeten, bei ihm zu wohnen. Heute verbreitete die Concierge das Gerücht, ihr Mieter beherberge diese Säuferin, weil sie von etwas einfältigem Gemüt sei, und weil er auf diese Weise, unter Wahrung des äußeren Scheins, das Mädchen zu seiner Geliebten machen konnte.

Da es aber schwierig war, Charles Benesteau wirklich etwas unterzuschieben, stellte man Eugénie verbissen nach. Jedesmal, wenn sie im Begriff war, das Haus zu verlassen, wurde sie im Vorbeigehen von Madame Bichat aufgehalten und mit übertriebener Freundlichkeit genötigt, die Loge zu betreten. »Was macht er nur den ganzen Tag mit der Kleinen?« wollte die Concierge von ihr wissen. Eugénie antwortete vollkommen unbefangen, was die anwesenden Personen in schallendes Lachen ausbrechen ließ.

Es war eine Woche vergangen, seitdem Juliette zurückgekehrt war, als Madame Chevasse eines Morgens in die Conciergenloge von Madame Bichat stürzte, als wäre sie verrückt geworden.

– Es ist abscheulich, wir müssen die Polizei verständigen.

– Was haben Sie denn, Madame Chevasse?

– Jetzt kann man uns nicht mehr erzählen, er würde ihr das Lesen beibringen. Dieses Mädchen! Sie ist die personifizierte Sünde!

– Haben Sie die beiden gesehen?

– So wie ich Sie sehe, Madame Bichat! Sie genierten sich nicht einmal. Wenigstens die Fensterläden könnten sie schließen! Aber ich werde Anzeige erstatten. Ich muß mir diese Schweinereien nicht ansehen.

– Haben Sie die beiden gestern abend gesehen?

– Ja. Er ist ganz nah an sie herangetreten. Er hat sie geküßt. Ich versichere Ihnen, die Kleine hat sich nicht gewehrt. Ich sah sie, wie ich Sie sehe, es war Licht bei ihnen. Wenn es Ihnen nichts ausmacht, Madame Bichat, warte ich hier auf Eugénie.

Im Hof unterhielten sich zwei Klatschweiber. Die Concierge rief nach ihnen. Die eine wurde im ganzen

116

Haus beneidet, weil sie Stuhlvermieterin im Bois de
Boulogne war; die andere, ganz jung, war die Frau eines
Eisenbahnarbeiters.

– Treten Sie ein, Madame Babillot.

– Ich kann nicht hinaufsteigen, ich bin zu schwer.

Die Begleiterin von Madame Babillot, Léa, sprang
in die Loge.

– Gehen Sie außen herum, Madame Babillot. Wenn
Ihr Mann da wäre, stark wie er ist …

– Tja, der – was für ein Koloß!

– So stark wie er ist, er würde Sie hochheben und
bis hier hinein tragen.

– Ich wette, Madame Bichat bietet uns einen Kaffee
an.

Léa, die Frau des Eisenbahnarbeiters, war das, was
man ein schönes Mädchen nennt. Sie war sehr braun,
ihre Arme waren stets unbedeckt, und sie schien zu sagen: »Ich fürchte mich nicht vor der Arbeit.«

– Soll ich Ihnen helfen, Madame Bichat? fragte sie
die Concierge, die das Feuer anfachte, um Kaffee aufzu-
wärmen, und zwar im Tonfall eines Fabrikanten, der
eines seiner Erzeugnisse verschenkt. Arbeit machte Léa
nichts aus. Sie bot jedem ihre Hilfe an, als hätte sie
davon im Überfluß.

Madame Babillot, die außenherum gegangen war,
trat in die Loge. Der Raum war so voll, daß man kaum
richtig stehen konnte.

– Eines Tages werde ich Ihnen helfen müssen, Ordnung zu machen, sagte Léa.

Madame Babillot ihrerseits war weniger beherzt. Sie
war fast genauso dick wie Madame Bichat, und das Ge-

hen fiel ihr schwer. Ihr Ehemann hatte ihr ein schlechtes Bild von den Männern vermittelt. Alle seien sie Alkoholiker und Faulpelze, und es sei nicht einzusehen, wieso sie sich alles herausnehmen dürften, wo ihnen die meisten Frauen doch überlegen waren.

– Wer schüttelt denn um diese Zeit seinen Staublappen aus? fragte Madame Bichat, als sie durch das Fenster hindurch Staubflocken herabsegeln sah.

Sie beugte sich nach draußen.

– Sind Sie es, Madame Cagneaux, die ihren Staublappen ausschlägt? Sie wissen genau, daß das verboten ist.

Ein dünnes Stimmchen kreischte:

– Es ist noch nicht zehn Uhr!

– Wenn Sie eine Minute Zeit haben, kommen Sie herunter.

Kurze Zeit darauf betrat Madame Cagneaux die Loge. Sie war eine kleine, magere Frau mit blassem Teint und faltigem Gesicht.

– Nun, kennen Sie schon die Neuigkeit, Madame Cagneaux?

– Welche Neuigkeit?

– Die über Monsieur Benesteau und die Kleine. Die küssen sich ganz zwanglos. Und da ist nichts Väterliches dabei, das kann ich Ihnen sagen.

Von den fünf Frauen war es Madame Chevasse, die das alles angestiftet hatte, die als die Unbeteiligste erschien.

– Solche Leute wird es immer geben! meinte Madame Cagneaux, als ob sie sich in ihrer Jugend gegen allzu aufdringliche Männer hätte zur Wehr setzen müssen.

– Die Kleine hat ihn becirct. Sie glauben doch wohl nicht, daß es diesem Monsieur jemals in den Sinn gekommen wäre, einer Göre den Hof zu machen. Die hat den Teufel im Leib, diese Kleine. Ich behaupte ja nicht, daß Monsieur ein Heiliger ist, aber schlußendlich hat er eine Entschuldigung – er ist ein Mann.

Das Gespräch verlief eine halbe Stunde in diesem Ton, als Madame Bichat ihren Gästen plötzlich Zeichen gab, still zu sein. Eine Frau ging im Hausflur vorbei. Es war Eugénie.

– Holen Sie sie. Lassen Sie sie hereinkommen, sagte Madame Bichat zu Léa.

Kurz darauf trat Eugénie in die Loge. Sie kannte jede der anwesenden Frauen. Sie so zusammen zu sehen, machte ihr angst.

– Schließen Sie die Tür hinter sich, sagte Madame Bichat.

Eugénie gehorchte. Sie trug einen Korb, denn sie wollte gerade ihre Einkäufe erledigen. Ihre rechte Hand war geschlossen. Man erriet, daß sie darin gewissenhaft das Geld festhielt, daß ihr Herr ihr gegeben hatte.

– Setzen Sie sich, Eugénie, stellen Sie sich nicht so an. Nur weil Sie bei Monsieur Benesteau arbeiten, müssen Sie hier nicht die Eingebildete spielen. Wenn wir Sie nicht gerufen hätten, wären Sie glatt vorbeigegangen!

– Ich habe gesehen, daß Sie Besuch haben, Madame Bichat. Ich wollte Sie nicht stören.

– Und? Sind Sie zufrieden mit Ihrer Stelle?

– Oh, ja!

– Ist es nicht zu langweilig, da oben?

– Ein bißchen, manchmal, aber es geht einem sonst

gut. Nie gibt es eine Rüge. Monsieur Benestau ist immer zufrieden. Er beklagt sich nie.

Die Frauen sahen sich an, als würden Eugénies Worte das bestätigen, was sie gesagt hatten.

– Hören Sie, Eugénie, sagte Madame Chevasse, Sie bilden sich doch wohl nicht ein, mir, die ich soeben eine Woche bei Monsieur Benesteau verbracht habe, beibringen zu können, wie Ihre Arbeit aussieht.

– Ich mache den Haushalt, koche ein wenig, das ist alles.

– Wenn das alles sein soll, glauben Sie, daß ich dann gegangen wäre? Denn wenn Sie jetzt in dieser Stellung sind, so deshalb, vergessen Sie das nicht, weil ich sie aufgegeben habe.

– Ich habe nichts dazu getan, sie zu bekommen.

– Halten Sie den Mund. Sie haben niemals ehrlich gearbeitet. Man braucht nur zu sehen, wo Sie wohnen, um Bescheid zu wissen. Sie haben das Elend Ihr ganzes Leben mit sich herumgeschleppt, aufgrund Ihrer Faulheit. Und heute, wo Sie alt sind und sich nirgends mehr vorstellen können, willigen Sie ein, eine schändliche Rolle zu übernehmen.

Eugénie begann zu zittern. All diese Blicke, die auf ihr ruhten, und der Haß, der von diesen Frauen ausging, ließen sie ihre Beherrschung verlieren. Sie wäre gerne weggelaufen, aber sie traute sich nicht. Schon war Léa näher an sie herangetreten. Dieses große, kerngesunde Mädchen erschreckte sie wie ein Mann, dem sie abends in einer einsamen Straße begegnen hätte können.

– Hören Sie uns zu, Eugénie. Sie haben die Wahl. Jedenfalls setzen wir Sie davon in Kenntnis, daß wir Sie

bei der Polizei anzeigen werden, falls Sie Ihr dreckiges
Geschäft weiter betreiben.

– Der Monsieur ist so gut, gelang es Eugénie zu sagen.

– Er ist wie alle Männer – zuerst sein Vergnügen.

– Was wird Monsieur von mir denken, wenn ich
nicht zurückkomme? Und das Geld, das ich bei mir habe? Muß ich es zurückgeben?

– Sie können es behalten, Eugénie. Das ist für Ihre
Mühe.

Die arme Frau konnte sich nicht länger auf den Füßen halten. Sie setzte sich auf einen Koffer. Niemand
sprach mehr mit ihr. Nachdem Madame Babillot eine
wohlwollende Bemerkung über Juliette gemacht hatte,
waren alle aufgestanden. Schließlich erhob sich auch
Eugénie. Sie war sich wohl darüber klar, daß, sollte sie
diesen Frauen nicht gehorchen, sie gezwungen wäre, das
Viertel zu verlassen. Der Haß, den ihre gebrechliche
Erscheinung auf sich ziehen würde, wäre dergestalt, daß
sie nicht einmal mehr einen Bäcker finden würde, der
ihr sein Brot verkaufte. Wohin sollte sie gehen? Was
würde sie an dem Tag, an dem Monsieur Benesteau sich
von ihr trennen würde, tun? Mußte nicht auch sie an
ihre Zukunft denken?

XV

Als Charles Madame Bichat fragte, wo Eugénie sei, antwortete diese scheinheilig:

– Wie, Eugénie ist nicht zurückgekommen? Dabei ist sie doch die Pünktlichkeit in Person! Das ist seltsam. Ich werde mal zu ihr gehen.

– Geben Sie mir Ihre Adresse, ich gehe selbst.

– Oh, sie hat keine Adresse. Zuletzt wohnte sie in einer Gasse, die Sie nicht kennen, aber da ist sie längst weggezogen. Sie schläft in Baracken, in Güterwagen, in Schlachthöfen. Ich hoffe, es fehlt nichts bei Ihnen, denn, wissen Sie, bei ihr kann man nie sicher sein, daß man die kleinen Dinge, an denen man hängt, auch wiederfindet. Nicht, daß sie unehrlich wäre, ich hätte sie Ihnen ja sonst nicht empfohlen, aber wenn sie merkt, daß man die Zügel schleifen läßt, dann kann sie nicht anders und nutzt es aus.

– Kennen Sie vielleicht jemanden, der für sie einspringen könnte?

Madame Bichat hob die Arme auf eine Art, die bedeutete, daß sie von dieser Geschichte bald genug hatte.

– Ich kenne niemanden.

– Aber Madame Bichat, im Viertel wird es doch wohl eine Frau geben, die ein wenig Geld verdienen möchte.

– Schon, aber bei dieser Tätigkeit ...

– Bei welcher Tätigkeit?

– Sie verstehen mich schon, Monsieur Benesteau, Sie sind nicht dümmer als irgendein anderer. Dafür braucht es auch nicht Ihre Schulbildung.

Charles hatte begriffen. Er zog es vor, sich dazu nicht zu äußern.

– Das ist schade. Nun gut, ich werde versuchen, mich selbst um dieses Kind zu kümmern. Wenn es nicht geht, gebe ich es in ein Internat.

Als er die Treppen zu seinem Stockwerk hochstieg, mußte er sich zusammenreißen, um nicht laut vor sich hin zu reden. Hatte er das Recht, gegen die menschliche Bosheit aufzubegehren? Er war sich nicht sicher, besser als die anderen zu sein. Um sich nicht selbst zu betrügen, mußte er nur tun, was er für seine Pflicht hielt.

Von diesem Tag an ließ er der kleinen Juliette alle Pflege angedeihen. Sie war nach und nach zutraulicher geworden. Sie hatte sogar einmal gelacht. In der Wohnung ging sie ein und aus. Sie ging vor die Tür, machte Einkäufe und, wie Charles es sich ausgebeten hatte, sie sprach zu niemandem.

Mehrere Tage ging dieses Leben schon so, als eines Morgens Madame Sarrasini das Krankenhaus verließ und, den Kopf noch verbunden, nach Hause kam. Es war gerade einen Monat her, da war diese Frau wegen ihrer lockeren Moral noch von allen gehaßt worden.

124

– Ach! Welch Freude, Sie wiederzusehen! riefen
Monsieur und Madame Serrurier.

Die arme Frau hielt ein Bündel in der Hand. Sie
stellte es, ermuntert durch diesen Empfang, auf dem
Boden ab und setzte sich. In den wenigen Wochen hatte
sie sich stark verändert. Ihr Gesicht war blaß und aufge-
dunsen, und ihre Augen hatten einen fiebrigen Glanz.
Der Verband, den sie trug, war wohl noch am selben
Morgen von einer Krankenschwester angelegt worden,
denn er saß gut um den Kopf und im Nacken.

– Wo ist Juliette? fragte sie.

– Ein Herr aus dem Nachbarhaus kümmert sich um
sie. Sie brauchen nur Madame Bichat oder Madame
Chevasse nach dem Namen dieses Herrn zu fragen. Und
wie geht es Ihrem Mann?

– Sprechen Sie nicht von ihm!

– Es ist schön, Sie wiederzusehen, Madame Sarrasini.

Sie erwiderte nichts auf diese freundlichen Worte.
Der Monat im Krankenhaus hatte sie schwermütig gemacht.

– Sie sagten, meine Tochter sei nebenan?

– Ja. Selbst wenn sie in aller Munde ist.

– Warum das?

– Sie lebt bei einem alleinstehenden Mann.

Die letzten Worte ließen Hélène Sarrasini vollkommen kalt. Sie nahm den Schlüssel, den ihr der alte
Concierge hinhielt, durchquerte den kleinen Hof, legte
ihr Bündel vor ihrer Tür ab und ging, ohne auch nur
einen Blick ins Innere ihrer Wohnung geworfen zu haben, um ihren Lieberhaber zu treffen.

Erst im Laufe des Abends begab sie sich zu Madame
Bichat. Die wußte schon, daß Hélène Sarrasini wieder
da war. Sie hatte unverzüglich Madame Chevasse Bescheid gesagt, die sogleich heruntergekommen war.

– Madame Bichat, sagte Hélène Sarrasini, ich muß
Sie nach dem Namen des Herrn fragen, der meine
Tochter beherbergt.

– Kommen Sie erst einmal herein, kommen Sie,
sagte Madame Chevasse, die von ihrem Platz aufge-
sprungen war.

Madame Sarrasini verachtete all diese Frauen zutiefst. Sie musterte die Concierge und Madame Chevasse von oben bis unten.

– Kommen Sie herein, man wird es Ihnen sagen,
wiederholte Madame Chevasse sehr viel milder.

Hélène Sarrasini gehorchte, jedoch ohne Eile, wie
ein Kind, das nur widerwillig einem Befehl folgt. Als sie
sich in der Mitte der Loge befand, betrachtete sie die
beiden Frauen von neuem, weniger hart, neugierig dieses Mal.

– Ich bin glücklich, Sie zu sehen, Madame, sagte
Madame Chevasse mit übertriebener Freundlichkeit,
denn ich habe Ihnen eine Menge zu erzählen. Ich bin ja
Mutter wie Sie.

Madame Sarrasini lächelte spöttisch, was jedoch
niemand bemerkte.

– Ich bin Mutter wie Sie. Ich weiß also, was es bedeutet, Kinder zu erziehen. Ich, Madame, habe meinen
Mann im Krieg verloren. Mir ist das lieber so, als ihn zu
verlieren, wie es Ihnen passiert ist. Nun, darüber will ich
aber gar nicht mit Ihnen sprechen. Ich will Ihnen etwas

über den Mann erzählen, nach dessen Namen Sie gefragt haben. Wäre ich an Ihrer Stelle, Madame, dann würde ich Polizeischutz erbitten. Er wollte mich zu seiner Komplizin machen. Ich habe empört abgelehnt. Ich an Ihrer Stelle würde diesem Mann eine verpassen. Unter dem Deckmantel der Güte und der Barmherzigkeit tut er so, als interessiere er sich für Sie, und in dem Augenblick, in dem Sie es am wenigsten erwarten, macht er Ihnen Anträge. Ihre Tochter, ein braves Mädchen, verschwand für mehrere Tage, um ihm zu entrinnen. Es war höchste Zeit, daß Sie wieder zurückkamen, Madame, ich möchte nicht wissen, in welchem Zustand Sie Ihre Tochter sonst vorgefunden hätten.

Kurz darauf läutete Hélène Sarrasini bei Charles Benesteau. Er hatte diese Frau nur ein einziges Mal gesehen, an jenem Tag, als sie, auf einem ärmlichen Bett hingestreckt, den Eindruck erweckte, sie würde sterben. Dennoch erkannte er sie sogleich wieder, trotz ihres Verbands. Sein Gesicht hellte sich auf. Jeden Tag verlangte Juliette nach ihrer Mutter. Jeden Tag weinte sie. Wie würde sie sich freuen, sie wiederzusehen!

– Treten Sie ein, Madame, treten Sie ein. Wenn Ihre Tochter erfährt, daß Sie da sind, wird sie vor Freude außer sich sein.

Hélène Sarrasini betrachtete Charles zunächst mit Mißtrauen, dann mit Sympathie. Diese Frau, deren Leben sich im allertiefsten Elend abgespielt hatte, beurteilte die Menschen, welchem Milieu sie auch immer angehören mochten, mit außerordentlicher Sicherheit, ohne ihrem Rang die geringste Bedeutung beizumessen – dieselbe Frau, die von einem betrunkenen Ehemann

127

halb totgeschlagen worden war, die alle Augenblicke einen neuen Liebhaber hatte, und die sich so wenig um ihr Kind kümmerte!

– Warten Sie hier, Madame, ich hole Juliette.

Charles hatte ihr am gleichen Morgen noch eine illustrierte Geschichte Frankreichs gekauft. Juliette sah sich die Bilder an. Ihr Gesicht wirkte entspannt. Charles ging auf sie zu, schloß das Buch und sah ihr in die Augen.

– Deine Mutter ist da.

Juliettes vergnügtes Gesicht wurde ernst.

– Mama ist da, wiederholte sie, anscheinend ohne zu begreifen, was sie sagte.

Einen Augenblick später lag sie in den Armen ihrer Mutter, oder besser gesagt, sie preßte sich an sie, denn diese streichelte sie geistesabwesend und sprach dabei zu Monsieur Benesteau.

– Sie sind es, glaube ich, den Vincent aufgesucht hat. Er erzählte mir von einem Rechtsanwalt, der nebenan wohnt. Das sind Sie, nicht wahr?

– Ja, das bin ich.

– Haben Sie ihn beraten?

– Er suchte mich auf, um beraten zu werden. Ich tat es, so wie ich es Ihnen gegenüber getan hätte, wenn Sie mich darum ersucht hätten.

– Ah, ja, ich verstehe. Unter diesen Umständen war das ganz natürlich.

Sie erhob sich und machte ein paar Schritte, ohne daß ihre Tochter, die sich an ihre Hüfte klammerte, sie losließ.

– Ich bin Ihnen unendlich dankbar für alles, was Sie

für Juliette und damit auch für mich getan haben, sagte sie.

Sie wandte sich zu dem Kind.

– Bedankst du dich nicht?

– Doch, ich bedanke mich.

– Schau dabei den Monsieur an.

– Ich danke Ihnen, Monsieur.

Charles lächelte, um seine Rührung zu verbergen. Im übrigen hatte er keinen Grund, bewegt zu sein. Ab dem Moment, da Juliette glücklich war, hatte sich seine Aufgabe erfüllt.

– Sie kehren in den kleinen Hof zurück?

– Vorerst geht es nichts anders. Aber wir bleiben nicht dort. Ich ziehe wahrscheinlich zu meinem Freund. Er wohnt in einem Haus, dessen Fenster zur Straße gehen.

– Juliette nehmen Sie natürlich mit.

– Sie kann tun und lassen, was sie will.

– Ich komme mit dir, Mama.

Schon eine Zeitlang suchte Charles nach einer Gelegenheit, Hélène Sarrasini Geld anzubieten. Als sie sich der Tür näherte, sagte er ihr:

– Wenn Sie Geld brauchen, sagen Sie es mir.

Die Verwirrung, die sie gezeigt hatte, als sie sich bei Monsieur Benesteau für seine Freundlichkeiten bedankte, war nichts im Vergleich zu jener, die sich nun auf ihrem Gesicht abzeichnete. Abwechselnd wurde sie rot und wieder blaß. Alles, was man für ihre Tochter getan hatte, zählte nicht mehr. Charles Benesteau begriff jetzt, warum diese Frau sich so kühl bei ihm bedankt hatte. Er begriff, daß sie ihm in keiner Weise dankbar war,

Juliette aufgenommen zu haben, denn sie konnte sich nicht vorstellen, daß man ein Kind sich selbst überließ. Was Monsieur Benesteau getan hatte, war selbstverständlich. Aber unnatürlich war, daß er ihr Geld anbot.

– Sie sind zu gütig.

– Das geht in Ordnung. Ich habe kein Geld bei mir. Aber, wenn Sie erlauben, komme ich morgen bei Ihnen vorbei. Wann sind Sie zu Hause?

Hélène Sarrasini hatte einen hochroten Kopf. Sie hätte Charles gerne ihre ganze Dankbarkeit dargebracht. Sie erkannte sehr wohl, daß er sich nicht über sie lustig machte. Sie erfaßte in gewisser Weise, weshalb er sie mit soviel Rücksicht behandelte. Sie fühlte, daß niemand das Recht hatte, sich über seine Mitmenschen zu stellen.

Und an Stelle jenes Mißtrauens, das zum Beispiel ein Mädchen hegte, würde einem Studenten einfallen, es bessern zu wollen, überließ sie sich dem angenehmen Gefühl, sich beschützt zu wissen.

– Ich weiß nicht, erwiderte sie, ohne zu versuchen, sich bei dieser Gelegenheit besser zu machen, als sie war, denn ich schlafe heute Nacht nicht zu Hause. Ich komme morgen wieder, mit Juliette, sie wollte ja heute abend bei mir bleiben. Möchten Sie, daß ich zu Ihnen hochkomme?

– Genau ... Kommen Sie morgen abend, gegen sechs Uhr.

– Gut.

Das war das letzte, was Hélène Sarrasini sagte. Sie öffnete die Tür, wandte sich um, um Charles Benesteau noch einmal zuzulächeln, und stieg, ihre Tochter am Arm haltend, die Treppe hinunter.

XVI

Als er wieder allein war, begab sich Charles Benesteau, so als ob nichts vorgefallen wäre, in die Küche und bereitete sein Abendessen zu. Daraufhin ging er wieder in sein Arbeitszimmer und schritt einige Minuten lang auf und ab, die Hände auf dem Rücken verschränkt. Es war neun Uhr. Man hörte das Radio der Nachbarn. Es war noch nicht ganz dunkel, und das war die Tageszeit, die Charles am meisten mochte.

Auf diesem Abend lag, nach all den kleinen Ereignissen dieses Monats, eine seltsame Schwere. Mit einem Mal ging das Leben wieder seinen normalen Gang. Charles war wieder allein, so allein, wie er gewesen war, nachdem er den Boulevard de Clichy verlassen hatte.

Für gewöhnlich schrieb er, sobald er einen Moment Ruhe hatte. An diesem Abend war ihm aber nicht danach. Er war allerdings auch nicht traurig. Im Gegenteil, er hatte das Gefühl, die Dinge wären an ihrem Platz, und er selbst, in seiner Absonderung, wäre stärker. Die Erinnerung an die Menschen, die er gesehen, die Gespräche, die er geführt, an all die mehr oder minder

schönen Gefühle, die er verursacht hatte, löste in ihm
ein Unbehagen aus, das er so oft verspürt hatte, wenn
den aufreibenden Tagen im Justizpalast das gesellschaftliche Leben in den eigenen vier Wänden gefolgt war. So
fühlte er sich, am offenen Fenster stehend, wie gereinigt.

Doch er zögerte nicht, sich für dieses gute Gefühl zu
tadeln. War es nicht durch ein wenig Egoismus zustan-
degekommen? Man durfte immerhin nicht vergessen,
daß er sich von seiner Frau nicht aus Misanthropie, auch
nicht aus Liebe zur Einsamkeit getrennt hatte, sondern
aus viel tieferen Gründen.

Am folgenden Tag ging Charles Benesteau zu seiner
Bank und hob zehntausend Francs ab. Er war so voller
Ungeduld, sie zu übergeben, daß er die Verabredung
nicht abwarten konnte. Gegen vier Uhr brachte er
Hélène Sarrasini das Geld. Er blieb vor der Tür stehen.
Diese besaß keinen Riegel, sondern wurde nachts mit
einem Vorhängeschloß versperrt. Er klopfte an. Hélène
war nicht allein. Ihr Liebhaber, der Klempner, und
Juliette waren bei ihr. Alle drei waren damit beschäftigt,
frisches Stroh in einen Schlafsack zu füllen. Das einzige
Fenster stand offen. Die Gerüche des Hofs wurden in
den Raum geweht.

– Kommen Sie doch herein.

Charles trat vor. Hélène hatte sich erhoben, der
Klempner und Juliette waren am Boden hockengeblie-
ben.

– Ich bringe Ihnen den Betrag, von dem ich gestern
gesprochen habe.

Madame Sarrasini hatte ihren Verband nicht mehr
um. Charles stellte fest, daß sie hübsch war. Nur war sie

leider ohne Sorgfalt gekleidet. Ihr loses Kleid, das von dunkelgelber Farbe und schmutzig war, ließ ihren Hängebusen erahnen. Sie trug Baumwollstrümpfe, die ebenfalls gelb und von winzigen braunen Flecken übersät waren. Zweifellos hatte sie Kaffee verschüttet. Sie trug keinen Gürtel. Die Haare fielen ihr ins Gesicht. Der einzige Luxus an ihr – und es wäre besser gewesen, sie hätte darauf verzichtet – waren zwei Ringe, groß wie Armreifen, die sie als Ohrringe trug.

– Sie haben mich nicht vergessen, sagte sie, ihren Kopf vorreckend und ihre strahlend weißen Zähne zeigend.

– Nehmen Sie, sagte Charles Benesteau und gab ihr einen Umschlag.

Sie ergriff ihn, öffnete ihn aber nicht. Sie betrachtete ihr Gegenüber, den Mund halb offen, mit einem zugleich fragenden und dankbaren Ausdruck im Gesicht. Es sah so aus, als würde sie gleich sprechen, aber sie sagte nichts, als ob sie eine Antwort erwartete. Plötzlich konnte sie nicht mehr an sich halten. Sie ergriff Benesteaus Hand und drückte sie gegen ihren Busen. Sie machten zwei Schritte und näherten sich dem Fenster.

– Sie sind ein außergewöhnlicher Mann, sagte sie zu ihm, mit weit geöffneten Augen, und kniff Charles dreimal hintereinander.

– Aber sagen Sie nicht so etwas!

– Doch, Sie sind ein außergewöhnlicher Mann. Juliette hat mir viel erzählt. Ich verstehe Sie. Ich verstehe alles.

Sie redete wie eine Betrunkene.

– Es gibt da nichts zu verstehen.

133

– Doch, doch, da gibt es viel zu verstehen. Ich bin
nicht gebildet genug, es Ihnen zu sagen, aber ich weiß
es, ich kann sehen, ich kann fühlen.

Charles Benesteau konnte sich eines gewissen Un-
behagens nicht erwehren. In dem Überschwang dieser
Frau lag so etwas wie der Wille, sich auf eine besondere
Art zu bedanken und sich der Großherzigkeit für würdig
zu erweisen. Das war zu offensichtlich. Und das wurde
peinlich.

– Sprechen wir nicht mehr von mir. Ich wollte Sie
etwas fragen: Sie kommen aus dem Midi, nicht wahr?

Diese Frage war für Madame Sarrasini wohl eine
Erleichterung, denn sie antwortete sofort, froh darüber,
das Terrain der Dankesbezeugungen, auf dem sie sich
etwas unbeholfen bewegte, zu verlassen.

– Mein Gatte ist Italiener, und ich bin aus der Pro-
vence.

– Warum kehren Sie nicht in Ihre Heimat zurück?
Sie könnten sich ein kleines Haus kaufen. Ihre Tochter
würde in guter Luft aufwachsen, würde wieder zu Kräf-
ten kommen. Der Monsieur dort würde Sie begleiten.
Er könnte seinen Beruf da unten ausüben anstatt in der
Rue de Vanves.

– Ja, daran habe ich auch gedacht, erwiderte
Hélène, die offenbar befürchtete, ihren Wohltäter zu
enttäuschen.

– Tun Sie es, Sie würden mir eine große Freude
machen. Ich gebe Ihnen, was dafür erforderlich ist. Nur
bleiben Sie nicht hier.

Mit diesen Worten ging Charles Benesteau zur Tür.
Bevor er hinaustrat, wandte er sich noch einmal um:

– Tun Sie vor allem, wonach Ihnen ist.

Er hatte einen kleinen Gewissensbiß verspürt. In dem Moment, da er sich verabschiedete, hatte er bemerkt, daß der Grund für sein hartnäckiges Drängen auf ihre Abreise nicht Anteilnahme an Hélène und ihrer Tochter gewesen war, sondern Eigennutz. Schon mehrmals hatte er gedacht, daß es ihm unangenehm wäre, dieser Frau wieder zu begegnen. Sie würde überall herumerzählen, was er getan hatte. Man würde ihn für einen Sonderling halten. Und das war genau das, was er am meisten fürchtete.

Fünf Minuten später war er zu Hause. Letzten Endes konnte Hélène Sarrasini tun und lassen, was sie wollte. Er freute sich, es ihr vor dem Weggehen gesagt zu haben. Und wenn er als Sonderling angesehen würde, was machte das schon!

XVII

Der Sommer ging zu Ende. Das Laub färbte sich bereits rot. Trotzdem gab es immer noch Pariser, die in den Urlaub fuhren. Charles Benesteau, liebte es, an der Gare Montparnasse vorbeikommend, zu beobachten, wie sie mit ihrem Gepäck, den Kofferträgern, den Chauffeuren kämpften, und jeden bei seinem Bestreben zu ertappen, den besten Platz zu erwischen, erster zu sein.

Dieser Sommer in Paris war ihm nicht gut bekommen. Er hatte abgenommen. Er war blaß, seine Tränensäcke waren leicht geschwollen. Tatsächlich war er, seitdem er den Sarrasinis zu Hilfe gekommen war, allen erdenklichen Schikanen ausgesetzt gewesen. Madame Bichat, die es vormals so geschätzt hatte, mit ihm ein Schwätzchen zu halten, überreichte ihm nicht einmal mehr die seltenen an ihn adressierten Briefe. Er war gezwungen, an die Logentür zu klopfen, um nach seiner Post zu fragen. »Sie brauchen nur ins Fach zu sehen«, beschied man ihm frech. Und Madame Chevasse haßte ihn gar. Er traf sie häufig im Viertel. Jedesmal wandte sie den Kopf ab und spuckte ein wenig aus, sich dabei etwas nach vorne beugend, so wie Frauen es eben tun. Dennoch sah er ihr jedesmal ins Gesicht, in der Hoffnung, ihrem Blick zu begegnen, um ihr ein Lächeln zu zeigen. Selbst die Eheleute Serrurier, die vor der Haustür frische Luft schnappten, auf Stühlen sitzend, die hinauszuschaffen das Ereignis des Nachmittags war, senkten den Kopf, wenn sie Charles Benesteau vorbeigehen sahen.

Was hatte er nur getan, um soviel Haß zu erwecken? Freilich, was er den Sarrasinis gegeben hatte, hatte er allen anderen nicht zukommen lassen. Aber warum behandelte man ihn nicht einfach wie irgendeinen Mieter? Er verlangte keine Sonderrechte. Im Gegenteil, er wünschte nur, unbemerkt zu bleiben. Das Lesen nahm heute seine ganze Zeit in Anspruch. Er hatte sich ein paar tägliche Übungen in Mnemotechnik auferlegt. Er war keinem Studium besonders zugeneigt, aber er liebte es zu lernen und hätte gern ein gutes Gedächtnis gehabt.

Eines Morgens erwachte er mit schwerem Kopf. Er hatte bis tief in die Nacht hinein in seinem Bett gelesen, hatte mehrere Seiten zu einer Erinnerung geschrieben, die ihm am Herzen lag; es war nicht etwa die Erinnerung an seine erste Liebe, sondern die an eine junge, verheiratete Frau, die er geliebt hatte, ohne es ihr je zu gestehen, und die dies bemerkt hatte. Diese Erinnerung hatte andere nach sich gezogen. Er hatte wieder den großen jungen Mann vor sich gesehen, der er vor dem Krieg gewesen war, und er war gerührt gewesen von all den kindlichen Ambitionen, die er einmal besessen hatte.

Sehr spät erst war er eingeschlafen. Daher war nichts

Besonderes daran, daß er an diesem Morgen einen
schweren Kopf hatte. Er stand auf. Als er die Fensterläden öffnete, stellte er fest, daß der Himmel grau
war, wolkenlos, wie es schien, so als ob er des Nachts
einfach seine Farbe gewechselt hätte. Er schloß das
Fenster sogleich wieder, denn ein kalter Wind war in
den Raum gedrungen. In diesem Augenblick überkam
ihn ein Schaudern, und er mußte sich setzen. Als er sich
wieder gefangen hatte, holte er den halben Liter Milch
herein, der jeden Morgen gegen einen Aufschlag von
zehn Centimes an seiner Tür abgestellt wurde, und begab sich in seine Küche, um das Frühstück zu machen.
Er öffnete nie das Küchenfenster, um nicht von Madame Chevasse gesehen zu werden, die genau gegenüber
wohnte. Diese Küche war ein mal zwei Meter groß. Auf
einem alten Holzkohleofen stand ein Gaskocher. Bevor
er das Gas aufdrehte, goß er die Milch in einen Topf
und spülte die Flasche mit ein wenig Wasser aus. Um
nicht unnütz Gas zu verbrauchen, zündete er erst in diesem Moment ein Streichholz an. Als die Milch kochte,
füllte er sie in eine Tasse und deckte den Topf mit einem Teller ab. Mit dieser Tasse und einem Stück Brot
vom Vortag ging er in sein Zimmer zurück. Er brach ein
Stück von dem trockenen Brot ab und schluckte den
Bissen hinunter. Im selben Augenblick brach ein Blut-
strom zwischen seinen Lippen hervor. Er stützte sich auf
die Rückenlehne eines Sessels, um nicht hinzufallen. Er
war so weiß im Gesicht wie die Milch, die er auf dem
Tisch abgestellt hatte. Die Aufregung, die Angst hinder-
ten ihn am Atmen. Er wischte sein Gesicht, die Hände
ab, rieb am Revers seines Morgenrocks. »Was ist gesche-

hen?« Nach und nach kam er wieder zu sich. »Es ist dieses alte Brot«, murmelte er, »bestimmt hat es mir einen Muskel zerrissen.« Einen Muskel! Wie oft hatte er dieses Wort in seiner Familie gehört! Die Schmerzen, die sein Vater in der Nierengegend gehabt hatte, waren immer Muskelschmerzen gewesen. Die Schmerzen seiner Mutter und seiner Freunde ebenfalls.

Charles Benesteau trank seine Milch. Von der Blutung waren keine Spuren mehr vorhanden, lediglich ein eigenartiger Geschmack war ihm am Gaumen haften geblieben. Seine blutbefleckte Serviette hatte er versteckt. Er zog sich an. Er fühlte sich gleichzeitig gut und kraftlos. Er hatte das Gefühl, daß ihm Pflege guttäte, so als handelte es sich um nichts anderes als um eine einfache Erkältung.

Erst als er fertig angezogen war und, womöglich, weil er sich besser fühlte, riskierte er einen Blick in den Spiegel. Jetzt hatte er den Eindruck, schwer krank zu sein. Er war derselbe wie am Vortag, und dennoch meinte er wie betrunken auszusehen, bald lächelnd, bald ernst, mit seinen Augenbrauen, seinen Haaren, die übrigens weniger schwarz waren, als er gedacht hatte. In diesem Moment hatte er das Gefühl, etwas kitzele ihn in der Brust. Panik überfiel ihn. Würde er wieder Blut spucken? Er wandte den Kopf. Er spürte, daß Lippen und auch Kinn benetzt waren. Er nahm die Serviette, die er versteckt hatte, machte ein paar Schritte. Dieses Mal hatte er kein trockenes Brot gegessen. Ein Zittern durchfuhr ihn von Kopf bis Fuß. Er dachte nicht mehr daran, sich einreden zu können, gesund zu sein, gelänge es ihm nur, aufrecht zu stehen. Er ließ sich in einen

Sessel fallen. Die Augen hatte er geschlossen. Er öffnete sie, um sich nicht länger vorzumachen, er würde träumen. Zweimal hatte er geblutet, beim zweiten Mal allerdings etwas weniger. »Aber ja doch, etwas weniger«, murmelte er.

Eine Stunde verging, ehe er die Kraft aufbrachte, sich zu erheben. In jedem Augenblick dachte er daran, daß er sich am Vortag blendend gefühlt hatte und daß er heute krank war. Er legte seinen Überzieher an, nahm einen Wollschal und verließ seine Wohnung. Die Concierge fegte gerade den Flur.

– Guten Morgen, Madame Bichat, sagte Charles Benesteau, wobei er darauf achtete, nicht in die Haufen aus Staub zu treten, die die Concierge später mit der Kohlenschaufel wegschaffen wollte.

– Passen Sie auf …

– Ja, ja, ich passe auf.

Die Rue de Vanves erschien ihm fremd. Der zum Tode Verurteilte, der begnadigt und freigelassen worden war und nunmehr in das Viertel zurückkehrt, wo er seine Kindheit verbracht hat, konnte nicht ergriffener sein als Charles angesichts dieser Häuser, dieser Geschäfte, die ihm tags zuvor noch so gleichgültig gewesen waren. Er meinte durch eine unbekannte Stadt zu gehen. Und dennoch war ihm alles vertraut. In der Rue de Gaieté aber konnte er nicht mehr. Er mußte einen Arzt aufsuchen. Er mußte jemandem erzählen, was vorgefallen war. Er rief nach einem Taxi.

– Avenue Mozart Nr. 1, sagte er dem Chauffeur.

Den ganzen Weg lang fürchtete er sich davor, daß die durch das Automobil verursachten Erschütterungen einen neuen Blutsturz herbeiführen könnten. Einen Augenblick lang hatte er überlegt, sich zu seinen Brüdern fahren zu lassen, doch er hatte sich geschworen, sie nie wieder um irgend etwas zu bitten. Er hatte auch daran gedacht, zum Boulevard de Clichy zu fahren. Nein, das war unmöglich. Ganz Paris hätte dann erfahren, daß er krank war.

Madame Charmes-Aicart liebte es, durch ihre Hausangestellte mitteilen zu lassen, daß sie im Bad sei. Und dies war tatsächlich die Antwort, die Charles erhielt, als er darum bat, sie zu sprechen.

– Bestellen Sie Madame, daß ich darauf bestehe, sie auf der Stelle zu sehen. Ich habe ihr etwas sehr Wichtiges mitzuteilen.

Kurz darauf stand Madame Charmes-Aicart vor Charles. Sie lächelte.

– Was ist los, lieber Freund?

Mit wenigen Worten schilderte Monsieur Benesteau, was ihm widerfahren war. Das Gesicht von Madame Charmes-Aicart wurde ernst. Sie sah Charles an, als hätte er ihr die Leidensgeschichte eines anderen erzählt.

– Sie brauchen sofort einen Arzt, sagte sie.

– Glauben Sie, es ist wirklich ernst?

– Nein, es kann auch eine gewisse Müdigkeit sein, wenn es sich nicht, wie Sie mir sagten, um dieses trockene Stück Brot handelt. Wie kamen Sie aber auch darauf, trockenes Brot zu essen?

Es waren nicht nur – wie Charles zunächst selbst geglaubt hatte – die Umstände, die ihn in einem solch tragischen Moment zu seiner ehemaligen Geliebten geführt hatten, sondern das Gefühl, daß er bei ihr auf

142

mehr Zuspruch hoffen konnte als bei seiner Familie.
Trotz ihres koketten Auftretens, trotz ihrer Vorliebe für
kleine Abendgesellschaften für ausgesuchte Freunde half
und tröstete sie gern. Es gab keine Situation, die völlig
hoffnungslos war, war sie mit dabei. Jeder Gefahr konnte begegnet werden, und, was noch angenehmer war, sie
war sich ihrer Rolle sehr bewußt und sah es als ihre
Pflicht an, die kleinen Beschäftigungen, denen sie nach-
ging, notfalls abzubrechen.

An diesem Tag sollte sie ausgerechnet mit einem
Verwalter vom Châtelet zu Mittag essen. Von ihrem
Zimmer aus telefonierte sie, um das Rendezvous ab-
zusagen. Dann bat sie einen ihrer Freunde, Professor
Genèvrier, schnellstmöglich zu kommen.

– Kommen Sie, Charles, lassen Sie sich nicht so
hängen, sagte sie, als sie, nun angekleidet, in den Salon
zurückkehrte.

Monsieur Benesteau erwiderte nichts. Er hatte Fie-
ber. Bisweilen zitterte er vor Kälte.

– Aber, aber – sie werden doch einen kleinen Zwi-
schenfall, der jedem passieren kann, nicht so tragisch
nehmen. Ich habe den Arzt angerufen. Er wird gleich
hier sein. Dann wissen wir sofort Bescheid.

Eine Viertelstunde später trat Doktor Genèvrier in
das Zimmer. Er war ein großer, gutaussehender Mann
mit verschlossenem Gesicht, der seine Kranken gewiß
nicht mit den Worten tröstete: »Es ist nichts, mir ist
einmal dasselbe passiert wie Ihnen.«

Charles erzählte, was vorgefallen war. Der Arzt ver-
zog das Gesicht und beschied ihm, daß er, ohne ihn
abgehorcht zu haben, nichts verschreiben könne. Mon-

sieur Benesteau müsse sich in seine Praxis bemühen. Im Moment könne er nichts Genaues sagen. Jedenfalls solle Monsieur Benesteau sich keine Sorgen machen. Oftmals wären diese kleinen Blutungen völlig bedeutungslos und kämen auch bei vollkommen gesunden Menschen vor.

– Ich habe ein Stück altes Brot gegessen, sagte Charles.

– Na eben, sehen Sie? Das bestätigt, was ich gerade gesagt habe.

In der Eingangshalle indes, als er mit Madame Charmes-Aicart allein war, gab er seiner Besorgnis Ausdruck. Charles hatte zweifellos eine oder mehrere Verletzungen an der Lunge. Er müsse ins Gebirge gebracht werden. Nur ganz trockenes Klima könne ihn retten.

Als Charles sich zurückziehen wollte, hinderte ihn Madame Charmes-Aicart daran.

– Ich will Sie nicht allein lassen.

– Doch. Ich gehe nach Hause.

– Sie brauchen Pflege. Ich kümmere mich um Sie. Ich fahre Sie zurück.

– Nein, das ist nicht nötig.

– Haben Sie Ihre Familie verständigt?

– Das werde ich nicht tun.

– Charles, ich bitte Sie, wenn Ihnen etwas fehlt, müssen Sie sich pflegen. Sie wissen, welche Freundschaft ich Ihnen entgegenbringe. Tun Sie es für mich.

– Lassen Sie mich nach Hause gehen.

Mit diesen Worten erhob er sich. Unverzüglich wurde er blaß und wäre um ein Haar hingefallen. Ihm war, als kitzelte ihn etwas in seiner Brust. Er preßte die Lippen zusammen. Einen Augenblick lang wartete er auf

144

die Blutung wie auf den Tod. Aber er hatte sich getäuscht. Mit der Erinnerung, was ihm an diesem Morgen widerfahren war, wuchs die Vorstellung, ein neuer Blutschwall würde sich in seinen Mund ergießen.

XVIII

Einen Monat später, an einem strahlenden Herbstmorgen, machte Charles Benesteau den letzten Atemzug.

Nachdem er von Madame Charmes-Aicart aufgebrochen war, hatte er ein Taxi gerufen und sich in die Rue de Vanves fahren lassen. Als er an der Conciergenloge vorbeiging, erkundigte er sich bei Madame Bichat, ob sie Eugénie nicht wiedergesehen habe. Er hatte Angst davor, allein zu bleiben. Ihm schien, als hätte ihm die Anwesenheit dieser armen Frau ein Trost sein können. Doch Madame Bichat hatte erwidert, daß sie mit Leuten wie Eugénie keinen Umgang habe. Er hatte die Concierge daraufhin gebeten, im Laufe des Abends zu ihm hinaufzukommen, denn er fühle sich nicht gut. Sie hatte eingewilligt, weigerte sich aber, eine genaue Zeit anzugeben; denn sie gehörte nicht zu denen, die »den ganzen Tag über Däumchen drehen«.

Gleich nachdem er heimgekommen war, hatte er sich hingelegt. Er hatte geglaubt, er könnte lesen, schreiben und hatte zu diesem Zweck Bücher und seine Hefte auf seinen Nachttisch gelegt. Doch kaum ausgestreckt, hatte er zu schwitzen angefangen, so stark, daß er eine Viertelstunde später hatte aufstehen müssen, um die Bettwäsche zu wechseln.

Madame Bichat war erst am folgenden Morgen zu ihm gekommen. Charles hatte eine sehr schlechte Nacht verbracht. Erst im Morgengrauen war er eingenickt.

– Madame Bichat, hatte er gesagt, würden Sie bitte Madame Charmes-Aicart anrufen? Die Nummer finden Sie im Telefonbuch. Bitten Sie sie, zu mir zu kommen. Versuchen Sie bitte auch, Eugénie zu finden.

– Wie soll ich eine Frau finden, die keinen festen Wohnsitz hat und unter den Brücken schläft? Da müssen Sie sich an die Polizei wenden.

– Wenn Sie sie nicht finden, könnten Sie dann eine Ihrer Freundinnen fragen, ob sie hier wohnen will, solange ich krank bin?

Zu Mittag war Madame Charmes-Aicart gekommen. Als sie erfuhr, daß Charles noch keinen Arzt konsultiert hatte, rief sie aus: »Das ist ja der helle Wahnsinn!« Um vier Uhr hatte Professor Genèvrier an der Haustür in der Rue de Vanves geklingelt. Nach einer ausgiebigen Untersuchung des Kranken hatte er Madame Charmes-Aicart zur Seite genommen. »Monsieur Benesteau muß unverzüglich ins Gebirge reisen.« Dann, nachdem er seinen Blick hatte schweifen lassen, hatte er hinzugefügt: »Was soll das bedeuten?« – »Das erkläre ich Ihnen später«, hatte Madame Charmes-Aicart geantwortet.

Charles indes wollte seine Wohnung nicht verlassen.

So vergingen zwei Wochen. Charles Benesteaus Zustand hatte sich verschlechtert. Ein Arzt aus dem Viertel, den der Kranke unbedingt hatte konsultieren wollen, bestätigte, daß er Paris nicht zu verlassen brauchte, wenn er einwilligte, sich einen Pneumothorax machen zu lassen. Charles weigerte sich. Das war der Moment, da Madame Charmes-Aicart, von Angst ergriffen, die Familie Benesteau verständigte. Noch am selben Tag kamen die beiden Brüder in die Rue de Vanves geeilt, zusammen mit einem Arzt ihrer Freunde, Doktor Chimay. Wie seine Vorgänger war auch dieser sehr pessimistisch. Es wäre unerläßlich, daß der Kranke sich in die Schweiz begäbe. Man ließ Alberte rufen, die ihn überreden sollte, diese Reise zu machen, doch es war vergebens.

Von da an herrschte ein einziges Kommen und Gehen. Madame Bichat hatte noch nie ein solches Fest erlebt. Das Ehepaar Serrurier war nicht vom Hauseingang wegzubringen. Immerzu gab es einen Neugierigen an einem Fenster, der nach den Automobilen spähte, die eines nach dem anderen in der Rue des Vanves hielten. Sogar Madame Chevasse hatte Annäherungsversuche unternommen. Über Madame Bichat hatte sie der Krankenschwester ausrichten lassen, daß sie gegebenenfalls für sie einspringen könne. Es war keine Rede mehr davon, Charles in die Schweiz zu bringen. Sein Zustand hätte es nicht mehr erlaubt. Er dämmerte nur noch vor sich hin. Die kleine Wohnung, in die er sich so freudig zurückgezogen hatte, wo er die Einsamkeit so genossen hatte, diese Wohnung hatte sich in eine Art öffentlichen Ort gewandelt. Die Wohnungstür wurde nicht mehr verschlossen, und die Nachbarn kamen mehrmals am Tag vorbei, um zu sehen, was vor sich ging. Madame

Chevasse hatte eine Möglichkeit gefunden, der Krankenschwester kleinere Arbeiten abzunehmen. Eugénie war mehrfach bei ihrem ehemaligen Herrn vorstellig geworden, doch immer hatte sich jemand gefunden, um sie zu abzuwimmeln.

Nun war Charles Benesteau tot. Er lag in seinem Sarg. Die Fensterläden waren geschlossen, Kerzen brannten. Überall standen Blumen. Madame Chevasse saß auf einem Stuhl und hielt die Totenwache. Es war elf Uhr vormittags. Die Eingangstür des Hauses war mit einem Tuch verhängt, in dessen oberem Teil sich zwei weiße Initialen – C. B. – abhoben.

Polizisten spazierten langsam die Rue de Vanves auf und ab, bereit, auf ein Zeichen des Unteroffiziers hin den Verkehr zu unterbrechen. Sehr weit, bis in die Rue du Château hinein, parkten Automobile entlang der Trottoirs. Ein Leichenwagen stand vor der Tür. In dem engen Gang des Wohnhauses – so eng, daß zwei Personen kaum aneinander vorbeikamen – stand bereits das Gestell, auf dem der Sarg zu liegen kommen sollte. Das Ehepaar Serrurier war in Schwarz gekleidet und wartete auf der Straße. Zu ihnen stießen alsbald sämtliche Klatschweiber des Hauses.

Eine halbe Stunde später setzte sich der Leichenwagen in Bewegung. Zwei blumenbeschmückte Wagen folgten ihm, dahinter unzählige Menschen, und dann die Automobile. Der Himmel war grau, wirkte aber nicht sonderlich trist.

Niemals hatte die Rue de Vanves einen solchen Leichenzug gesehen. An allen Fenstern standen Leute. In der Ferne konnte man die Dächer stehender Autobusse erkennen. Alle Kaufleute standen vor den Türen ihrer Geschäfte.

Unmittelbar hinter den Blumen kamen die Brüder des Verstorbenen, im Frack, dann die Kollegen und Freunde. Einer von ihnen sagte: »Nun werden mir viele Dinge klar. Charles muß eine Ahnung von seinem Tod gehabt haben.«

Dann, am Ende des Trauerzuges, kamen all die kleinen Leute, in deren Mitte Charles Benesteau für mehr als ein Jahr gelebt hatte. Alle bis auf die Sarrasinis waren da. Madame Chevasse war da, Madame Bichat, die junge Léa, Madame Babillot, und sogar Eugénie, mit der niemand sprach.

Nachwort

Der Anwalt, die Brandstifter und der Tod

Die erste Fassung des hier vorliegenden Romans erschien in der Nummer 172 der Reihe »Les Œuvres libres« vom Oktober 1935, zusammen mit Texten damals wie heute unbekannter Autoren wie Bernard Barbey, Albert Acremant oder Suzanne Bertillon. Die »Œuvres libres« erschienen im Verlag Fayard und bildeten auch seinerzeit schon ein verlegerisches Unikum: auf etwa 400 Seiten kamen allmonatlich dort eine Handvoll Autoren mit ihren Romanen oder Erzählungen zu Wort, und die Texte waren allesamt stolz als Erstveröffentlichungen deklariert. Für Bove, soviel steht fest, bedeutete der Abdruck in erster Linie eine zusätzliche Einnahmequelle; vier Texte von ihm waren dort in den Jahren zuvor bereits vorveröffentlicht worden. Der Roman *Die Ahnung* sollte noch im selben Monat Oktober im offiziellen Programm bei Gallimard, in der »Collection blanche«, herauskommen. Diese zweite, im Verlag Le Castor Astral im Jahre 1991 neuaufgelegte Fassung liegt auch dieser Übersetzung zugrunde. Charles Benesteau hieß in der ersten Fassung der »Œuvres libres« noch Charles Morice. Eine Gegenüberstellung beider Versionen zeigt aber, daß Bove unterm Strich nur geringfügige Retouchen vornahm; prinzipiell beschränkte er sich auf syntaktische Verkürzungen und stilistische Feinabstimmungen, so daß auch ein genauerer Vergleich zu kaum weiterreichenden Erkenntnissen kommen dürfte.

Bove hatte ein Jahr vor der *Ahnung* einen umfangreichen autobiographischen Roman mit dem bezeichnenden Titel *Le Beau-Fils* (Der Stiefsohn) veröffentlicht.

Seit jeher wird in der Rezeption Boves auf diesen Text erstaunlich wenig Bezug genommen, dabei hätte man mit ihm sicherlich *den* Schlüssel zum tiefergehenden Verständnis seines Werkes in der Hand. Wie der Held dort begreifen sich nämlich alle seine Protagonisten – von Bâton in *Meine Freunde* (1924) bis hin zu Tinet in *Non-Lieu* (Verfahrenseinstellung; 1946) – als Waisenkinder oder Stiefsöhne, auch wenn sie es im Grunde, also »de jure«, gar nicht sind. Sie wähnen sich vater- oder mutterlos, verlassen, ausgesetzt. Und auch in der *Ahnung* hat man es ja mit einem solcherart »Geschädigten« zu tun, selbst wenn dieser seine vorigen Beziehungen selbst aufgekündigt hat. Der Held dort ist insofern verwaist, als er in seiner neuen Umgebung nicht aufgenommen wird und ein Fremder bleibt. Benesteau ist eine eigentümlich verquere Verkörperung von Misanthropie und Altruismus, damit aber gewiß ein durchaus typischer Held Boves. Zudem bringt er das, was man seit seinen »Leidensgenossen« Victor Bâton, Arnold, Armand oder Pierre Neuhart schon zureichend kennt, sprich: die verkehrt laufende, desaströse Beziehung einer Freundschaft oder Liebe (oder ganz einfach das Verhältnis zum Mitmenschen) nunmehr, mit seiner tödlichen Krankheit, gewissermaßen auf einen irreduziblen Punkt. Sicherlich: Benesteaus Tod am Ende des Romans kommt recht unvermittelt, scheint mit dem vorangegangenen Plot kaum in Verbindung zu stehen. Fest steht freilich, daß Bove mit solch radikaler Lösung in seinen Geschichten immer wieder jongliert, nur selten indes, etwa in der *Letzten Nacht* oder in dem auf deutsch noch nicht vorliegenden Roman *La Coalition* (Das Bündnis), wird die Option der Selbsttötung auch wirklich umgesetzt. Und auch die präsentiert sich bei seinen

Helden nie mit absoluter Konsequenz, sondern wird immer wieder in Zweifel gezogen. Eigentlich wollen sie alle leben, die Boveschen Figuren, auch wenn sie nicht selten das glatte Gegenteil behaupten. Und das kann auf den Leser auch schon mal sehr komisch wirken: in dem 1924 bei Ferenczi publizierten Trivialroman *Âme de poëte* (Dichterseele[*]) will der todessüchtige, unverstandene Poet, bevor er seinem Leben ein Ende macht, sich zunächst einmal Mut antrinken und bestellt sich zu diesem Zwecke in einem Bistrot erst noch einen »herzstärkenden Médoc« ...

Bove hatte in einer frühen Erzählung mit dem bezeichnenden Titel *L'Histoire d'un fou*[**] bereits gezeigt, wie ein Mann offensichtlich grundlos alle Brücken hinter sich abbricht, alle Freundschaften (zum Vater, zur Freundin, zum besten Freund) kokett aufkündigt, um gerade diese Entscheidung dem Leser gegenüber als ein Beweis von »Nicht-Schwäche« und »Willensstärke« zu verkaufen. Sicherlich haben die Figuren bei Bove nicht gerade selten das Problem, daß sie die ihnen zugewiesene Rolle als ihrem Charakter unangepaßt empfinden. Zeigen, daß man nicht schwach ist, Kraft hat, souverän entscheiden kann, wird ihnen mitunter sehr wichtig – dabei unterliegen sie immer wieder den Klischees ihrer eigenen Wunschvorstellungen, wodurch noch der einsamsten Entscheidung mitunter etwas Aufgesetztes, Uneigenes anhaftet.

Bei aller Parallelität ist der Charles Benesteau aus

---

[*] Ein Auszug daraus befindet sich im Anhang der Bove-Biographie von Raymond Cousse und Jean-Luc-Bitton; dt. bei Deuticke, 1995.
[**] In: *Henri Duchemin et ses ombres* (Flammarion, Paris 1983); dt.: »Die Geschichte eines Wahnsinnigen« in *Schreibheft*, Zeitschrift für Literatur, Nr. 23 (Hg.: Norbert Wehr), Mai 1984.

der *Ahnung* gleichwohl aus etwas anderem Holz geschnitzt. Er behält in seiner neuen, ihm überwiegend feindlich gesinnten Umgebung ja vor allem seinen Reflex der Nächstenliebe; er wirkt damit aber nur um so hilfloser. Inmitten seiner Totengräber umgibt ihn damit etwas Heiliges und Märtyrerhaftes, er verkörpert das Gute gleichsam auch als naives Prinzip, so als warte er nur darauf, enttäuscht zu werden. Bove wäre auch nicht Bove, wenn dieses holde Gute nicht angreifbar, oftmals mißverständlich und schließlich dem allmählichen Untergang überantwortet wäre. Eher selten aber gab es vor 1935 einen Hinweis darauf, daß womöglich nicht das Individuum selbst an seinem Dilemma schuld sei, sondern seine Umgebung, die »anderen«, die Gesellschaft. *Dinah* (von 1928) ist ein solcher Fall, ein Roman, der sich genau das zum Thema macht, was in der *Ahnung* vergleichsweise sekundär verhandelt wird – der Egoismus, die Verantwortungslosigkeit der Erwachsenen gegenüber den Schwachen, insbesondere den Kindern. Bove bringt dort viel deutlicher moralische Aspekte ins Spiel, um die grob fahrlässige Haltung Einzelner, man kann auch sagen: einer bestimmten Gruppe, zu illustrieren. In *Dinah* stirbt am Ende die kleine Dreizehnjährige gleichen Namens, weil die Erwachsenen in ihrem Klüngel, in ihrer Kleinheit und in ihrer Habgier sich nicht bzw. zu spät zu einer, eben zwischenmenschlichen, Geste durchringen können. In der *Ahnung* ist es die kleine Juliette, die durch das Fehlverhalten der Erwachsenen bereits deutlich, wenn vermutlich auch nicht irreparabel, verhaltensgestört ist; ihr einziges Heil erkennt sie jedenfalls in der Flucht vor der Welt der Erwachsenen, Benesteau inklusive. Flucht, dies ist augenfällig, ist *das* Motiv, *die* Reaktion des beschädigten, aber noch intakten

Geistes vor der Selbstaufgabe, instinktiv oft auch das einzige Mittel, der tödlichen Enge kleinbürgerlicher Lebensformen zu entgehen – und nicht anders hatte es Bove bereits in *Un père et sa fille* (Ein Vater und seine Tochter), in der Erzählung *Flucht* oder in dem Roman *Die Liebe des Pierre Neuhart* aufgezeigt. Aber Eskapismus ist hier nur ein Aspekt, Bove lenkt den Blick nun deutlich auch auf das, *wovor* geflohen wird. Seine kleinen Seitenhiebe auf mangelnden menschlichen Umgang miteinander sind nie beiläufig, nur selten komisch und mit der Zeit immer offensichtlicher. Im Mief der Conciergenloge etwa, wo einige Megären sich gehässig das Maul zerreißen und ihr Opfer bestimmen, zeigen sich tiefverwurzelte Charakterdefizite, die Bove, und dies illustriert seinen Pessimismus, eher zeitlos als situationsabhängig ansieht. Die Schlußszene aus *Die Ahnung* freilich wendet diesen Aspekt schon bald ins Burleske und erinnert in der krassen Gegenzeichnung von Tod des Individuums einerseits, Triumph des Spießertums andererseits, ein wenig an das Ende von Flauberts *Madame Bovary* ... Mag Bove mit seinen eigentlich durchweg arbeits-, beziehungs- und mittellosen Helden auch soziale Phänomene der zwanziger und dreißiger Jahre streifen oder gar mitreflektieren, von nahem betrachtet hat man es mit zeitloser menschlicher Tristesse zu tun, mit dumpfer Sensationsgier, mit verkrusteten, rigiden Verhaltensmustern. Unterschiede gibt es hin und wieder in der eigenwilligen Prägnanz der Darstellung: zieht man neben *La Coalition* (von 1928) vor allem den schon erwähnten, psychoanalytisch übrigens sehr aufschlußreichen autobiographischen Roman *Le Beau-Fils* (von 1934) heran, könnte man zu dem Schluß kommen, die dargestellte Enge kleinbürgerlichen Soseins ließe sich gar nicht weiter verdichten. Weit gefehlt: Bove schafft es immer wieder, seine bittere Bestandsaufnahme noch ein wenig weiter voranzutreiben.

Die Ahnung entstand zu einer Zeit, da es Bove beruflich, finanziell, gesundheitlich und damit auch moralisch sehr schlecht ging; die Biographie von Raymond Cousse und Jean-Luc Bitton belegt den zaudernden, depressiven Bove dieser Jahre, der sich zwischen verschiedenen Betätigungsfeldern (Journalismus, Theater, Feuilleton) zerreißt, aber nirgends mehr Fuß faßt. So gesehen ist Benesteaus kreatürlicher Rückzug bis hin zu seiner Lungenerkrankung sicherlich auch schon ein Reflex der lebensmüden Gesamtdisposition des Autors. Es spiegelt sich hier gar der ganze Bove wider: der Victor Bâton aus *Meine Freunde* ist älter geworden, er ist beruflich ausgelaugt, seiner weniger sicher und aus seinen Enttäuschungen heraus auch frühzeitiger bereit, das Feld anderen zu überlassen. Traurig ist er sowieso.

Bove sollte einige Jahre nach Erscheinen von *Die Ahnung* noch einmal »Aufwind« bekommen. Dies hängt auch mit dem Kriegsgeschehen zusammen. Man kann kaum umhin, an dem fatalen Ereignis einen gewissen produktionsästhetischen Wandel festzumachen. Zwischen 1935 und 1939 schrieb Bove gerade mal zwei und zudem, im Vergleich zur vorigen Produktion, deutlich schwächere Romane (*Adieu Fombonne* von 1937 sowie *Mémoires d'un homme singulier* von 1939; letzterer wurde seinerzeit von Gallimard abgelehnt und blieb gar bis 1987 unveröffentlicht). 1942, im Exil in Algier, verfaßt Bove seine letzten vier Romane. Drei davon – *Die Falle*, *Départ dans la nuit* (Aufbruch in der Nacht) und der erwähnte Roman *Non-Lieu* – weisen deutlich gesellschaftliche Bezüge auf und sind für Bovesche Verhältnisse sehr episch angelegt. Sicher, der jeweilige Held bleibt auch durchweg wieder allein in seinen Entscheidungen, versucht, wenn irgend möglich, jedem »sozialen Streß« aus dem Wege zu gehen. In *Départ dans la nuit* beispielsweise läßt die Hauptfigur an einer Stelle gravitätisch verlauten: »J'étais seul juge de mes actes« – »Ich allein entschied über meine Taten«. Wenn einem das sehr bekannt vorkommt, so weil es sich dabei fast wortwörtlich um jene Maxime handelt, die *das* Kernstück Sartrescher Freiheitsphilosophie bildet. Auch in Boves *Falle* scheinen Sartresche Theoreme durchaus vorgezeichnet: die Hauptfigur darin, Joseph Bridet, will sich nützlich machen, politisch Stellung beziehen, als Journalist (mithin: als Intellektueller) etwas Sinnvolles für die Befreiung Frankreichs tun und den Sprung von der Einsamkeit zur Verantwortung wagen. Indes, der scheinbar eindeutige Einsatz wird durch verdecktes Spiel, durch eigenes mißverständliches Verhalten und ebensolche Diskurse konterkariert. Er gerät in die Fänge der Kollaboration und stirbt am Ende unter denkwürdigen Umständen in einem Gefangenenlager, zugleich tragischer und absurder als der Held aus *Die Ahnung*. Bridets gesellschaftlich-moralische Rettung kann, mutatis mutandis, in seinen »guten Absichten«, in seinem postulierten Engagement, ausgemacht werden. Doch wenn man so will, reduziert sich auch hier schon die ganze Frage, wie am Ende von Camus' *Jonas*, recht knifflig auf eine Lesart, auf das richtige Erkennen des richtigen Zeichens: sind wir *solitaire* (*einsam*) oder *solidaire* (*gemeinsam*)? Für Benesteau freilich kommt hier noch jede Hilfe zu spät.

Thomas Laux

Deuticke
A - 1010 Wien, Hegelgasse 21

Alle Rechte vorbehalten
Fotomechanische Wiedergabe bzw. Vervielfältigung, Abdruck, Verbreitung
durch Funk, Film oder Fernsehen sowie Speicherung auf Ton- oder
Datenträger, auch auszugsweise, nur mit Genehmigung des Verlags
© der französischen Originalausgabe: Le Castor Astral, 1991
© der deutschen Ausgabe: Franz Deuticke Verlagsgesellschaft m.b.H.,
Wien 1996
Umschlaggestaltung: Robert Hollinger
unter Verwendung eines Fotos von Emmanuel Bove
Reproduktion des Fotos mit freundlicher Genehmigung von IMEC,
Institut Mémoires de l'Édition contemporaine, Paris
Druck: Wiener Verlag, Himberg bei Wien

Printed in Austria

ISBN 3-216-30117-6